職業としての小説家

我的职业是
小说家

〔日〕村上春树 著

施小炜 译

新经典文化股份有限公司
www.readinglife.com
出 品

目录

第一章
小说家是宽容的人种吗？/ 1

第二章
刚当上小说家那会儿 / 19

第三章
关于文学奖 / 39

第四章
关于原创性 / 59

第五章
那么，写点什么好呢？/ 81

第六章
与时间成为朋友——写长篇小说 / 101

第七章
彻底的个人体力劳动 / 125

第八章
关于学校 / 147

第九章
该让什么样的人物登场？ / 167

第十章
为谁写作？ / 187

第十一章
走出国门，新的疆域 / 209

第十二章
有故事的地方 · 怀念河合隼雄先生 / 233

后 记 / 243

第一章

小说家是宽容的人种吗?

我来谈一谈小说——张口就来这么一句，只怕话题会摊得太开，还是先来谈一谈小说家这个职业。这样更为具体，看得见摸得着，大概更便于展开话题。

假如直言相告的话，在我看来，大多数小说家——当然并非人人皆是如此——很难称得上兼具完美人格与公正视野的人。而且一见之下（说这话可得小声点），有难以赞美的特殊秉性、奇妙的生活习惯和行为模式的人似乎也不少。包括我在内的绝大部分作家（据我推断应该在百分之九十二左右），且不论是否真的说出口来，都认为"唯有自己所做的事情、所写的东西最正确，除了特殊的例子之外，其他作家或多或少都有些荒诞不经"。他们就是基于这种想法迎早送晚过日子的。说得再客气些，盼望与这种家伙交朋友或做邻居的人恐怕也不多见吧。

虽然经常听说作家结下深情厚谊的佳话，但是我很少贸然轻信这样的故事。这类事情或许偶有发生，但真正亲密的关系不可能维持那般长久。号称作家的人基本上都是自私的人种，毕竟大多数家伙自尊心很强，竞争意识旺盛，同为作家的一伙人终日群居的话，交往不顺的情况要远远多于和睦相处。我自己便有过几次类似的经历。

有一个著名的例子：一九二二年巴黎的一场晚宴上，马塞尔·普鲁斯特和詹姆斯·乔伊斯同坐一席，尽管近在咫尺，两人却自始至终几乎不曾交谈一句。二十世纪最具代表性的两位大作家会谈些什么呢？周围的人屏息静气、凝目关注，然而却是白费心力、无果而终。大概是彼此都很自负的缘故吧。这种情形时有发生。

尽管如此，谈到职业领域中的排他性（简而言之就是"地盘"意识），我觉得只怕不会有像小说家这样胸襟开阔、宽以待人的人种了。我时常想，这大概是小说家共有的为数不多的美德之一。

再解释得具体易懂些。

假如有一位小说家歌唱得很好，作为歌手正式出道；或者具有绘画天赋，作为画家开始发表作品，那么这位作家所到之处必定会引起不小的反感，只怕还要受到揶揄讥讽，诸如"得意忘形、不务正业"啦，"水平业余、技术不精、才情不足"啦，此类的闲言碎语肯定会在街头巷尾广为流传，恐怕还会遭到专业歌手和画家的冷遇，甚至受到刁难。至少不会得到"哎呀，您来得太好啦"之类温馨的欢迎，即便有，大概也只在极为有限的场合，以极为有限的形式。

我在写作自己的小说的同时，这三十多年间还在积极从事英美文学翻译，刚开始（说不定现在仍是如此）压力好像相当大，什么"翻译这事儿可不是菜鸟能染指的简单活计"啦，"一个作家玩什么翻译嘛，唯恐天下不乱"啦，诸如此类的闲话好像随处都能听见。

此外，在写作《地下》这本书时，我还受到过专门创作非虚构作品的作家们堪称严厉的批判。诸如"不懂非虚构文学的游戏规则"啦，"廉价的煽情催泪"啦，"纯属有钱人玩票"等等，种种批评纷至沓来。可我觉得自己写的并非"非虚构"体裁，而是心目中想象的一如字面意义的"非虚构"，总之，我想写"不是虚构的作品"，结果却好像踩到了以守护"非虚构"这方"圣地"为己任的老虎们的尾巴。我并不知道竟有那样一种东西存在，根本没想过非虚构居然还有什么"固有的游戏规则"，因而一开始非常张皇失措。

所以，不论什么事情，只要触碰到专业以外的领域，以那一领域为专业的行家们往往就不会给你好脸色，如同白细胞注定要排除体内的异物，他们是要拒绝这种接触的。尽管如此，只要那个人不屈不挠，坚持不懈，久而久之，他们又会渐渐觉得"啊，真拿他没办法"，默许他同席就座。但至少刚开始的时候压力还是相当大的。"那一领域"越是狭隘、越是专业，并且越是权威，行家们的自尊心和排他性便越是强烈，遭遇的阻力似乎也就越强大。

然而在相反的情况下，比如歌手或画家来写小说，或者翻译家或纪实作家来写小说，那么小说家们会因此心生不快吗？我看大概未必吧。事实上，我们见过不少歌手和画家写小说，或者是翻译家和纪实作家写小说，而且作品博得高度评价的情形，却从来没有听说过小说家为此义愤填膺，抱怨什么"门外汉任性妄为"。说上两句恶语、揶揄几声、故意耍坏、脚下使绊子之类，至少在我的见闻之中很少发生。只怕反倒会激发小说家对非专业人士的好奇心，就盼着能有个机会见见面，聊聊小说，时不时还想鼓励他两句呢。

当然，背地里对作品说几句负面评价的事也有，但这本是小说家同行之间的家常便饭，说起来也算得上稀松平常的商业行为，与其他行业的人士前来抢占市场并没有多大关系。小说家这个人种看起来有很多缺点，但对于有人进入自己的地盘，却是落落大方，十分宽容。

这又是为什么呢？

依我看来，答案是显而易见的。因为小说这玩意儿——尽管

"小说这玩意儿"的说法稍嫌粗暴——只要想写，差不多人人都能提笔就写。比如说想作为钢琴家或芭蕾舞者潇洒登台，就得从小培养，早早开始漫长而艰苦的训练。想成为画家也同样如此，必须具备一定的专业知识和基础技能，最起码也得买齐全套画具。而想当登山家，则必须拥有超越常人的体力、技术和勇气。

然而小说的话，只要能写写文章（日本人差不多都能写吧），手头有一支圆珠笔和一个本子，再有点说得过去的编故事的本领，就不必接受什么专业训练，人人都能提笔就写。或者说，大致都能写得像小说的模样。也无须去大学念文学专业。什么写小说的专业知识，那玩意儿可有可无。

稍许有点才华的人，一上手就写出一部优秀作品来也是有可能的。以我自己为例好像有点难为情，但就连我这种人，也根本没有接受过关于小说写作的训练。尽管我进的是大学文学院的电影戏剧专业，然而也有时代的原因，我几乎没有学到东西，不过是留着长发，蓄起胡须，打扮得邋里邋遢，四处彷徨游荡罢了。我并没有想当作家的念头，也不曾信手涂鸦练习写作，然而有一天突发奇想，写出了第一篇小说（似的东西）《且听风吟》，拿到了文艺杂志的新人奖，于是莫名其妙地摇身一变，成了一位职业作家。连我自己也不禁心生疑窦："这么简单到底好不好啊？"不管怎么说，也实在是过于简单了。

如此写来，只怕有人会心生不快："把文学当成什么了！"不过我纯粹是就事论事，谈论事物的基本形态。小说这东西，无论由谁来讲、怎么来讲，无疑都是一种兼容广纳的表现形态。甚至可以说，这种兼容广纳的特性就是小说朴素而伟大的能量源泉的重要组成部分。因此在我看来，"谁都可以写"与其说是毁谤小说，毋宁说是溢美之词。

也就是说，小说这种体裁就好比职业摔跤的擂台，不论什么人，只要心存此意，都可以轻而易举地参与进来。绳栏间的缝隙很大，还备有方便上下的梯凳，擂台也十分宽绰，一旁没有虎视眈眈的保安时刻准备阻止旁人登台打擂，裁判员也不怎么说三道四，台上的摔跤手——这里就相当于小说家喽——从一开始就带着点满不在乎的劲头："无所谓啦，不管是谁，就尽管冲上来吧。"这该说是通情达理呢，还是性情随和，抑或是灵活变通？总之是非常粗线条。

然而，跳上擂台容易，要在擂台上长时间地屹立不倒却并非易事。小说家对此当然心知肚明。写出一两部小说来不算难事，但是要坚持不懈地写下去，靠写小说养家糊口、以小说家为业打拼，却是一桩极为艰难的事情。或许不妨断言：一般人是做不到的。该如何表述为好呢，因为其中需要"某些特别的东西"，既需要一定的才华，还要有相当的气概。此外，如同人生中其他事情一样，运气和机遇也是重要的因素。然而更为重要的是，它需要某种类似"资格"的东西。这东西有便是有，没有便是没有。当然，有人是生而有之，也有人是通过后天艰苦努力获得的。

关于这"资格"，还有很多不为人知的地方，而且很少有人直截了当地谈到它，因为那大体是一个看不见、道不明的事物。但总而言之，坚持做一个小说家是多么严酷的事情，小说家们都刻骨铭心、一清二楚。

正因如此，如果其他领域的人跑过来钻进绳栏，以小说家的身份登台打擂，小说家们基本都是宽容以待、落落大方。"没问题，想上来就只管上来吧。"多数作家采取的就是这样一种态度。即便新人闯上台来，他们也不会特别在意。如果那新人没几天就被打下擂台，或者自己主动退出（这两种情形一般是非此即彼），便道一声"真可怜啊"或者"好自珍重"。而如果他或她奋力拼搏，牢牢守住了擂台，那当然是值得尊敬的事情，这份敬意多半会被堂堂正正地表达出来（不如说，是我希望这样表达出来）。

小说家之所以宽容，或许与文学圈并非一个你死我活的社会有关。换句话说，（大抵）不会因为一位新作家登场，便导致一位在台上多年的作家失业。这类事情至少不会赤裸裸地发生，这一点与职业体育的世界截然不同。一旦有一位新选手加盟团队，就必定有一位老选手或难以出人头地的新人变成自由签约选手，乃至退出队伍，这种现象在文学界基本看不到。此外，也不会出现某部小说卖了十万本，而导致其他小说少卖十万本的情形。有时反而因为新作家的作品畅销，带动小说圈整体呈现出勃勃生机，滋润了整个行业。

即便如此，回溯时间的长河，某种自然淘汰似乎也在恰如其分地进行。不管那擂台多宽多大，总得有个合理的人数限制。看看四周，自然会有这样的印象。

迄今为止，我好歹也坚持写了超过三十五年的小说，一直作为专业作家在讨生活。也就是说，我在"文艺界"的擂台上总算坚守了三十多年，用老话说就是"全凭一支笔混饭吃"。这在狭义上也算得上一种成就。

这三十多年间，我亲眼见到众多新作家登台亮相。为数不少的人和他们的作品在当时得到了很高的评价。他们获得过评论家的赞赏，摘得各种文学奖，还成为街谈巷议的话题，书也卖得很好，前途一片光明。总之是万众瞩目，在壮丽的主题曲伴奏下荣耀登场。

然而，若要问这二三十年间出道的人，如今还剩下多少仍然以作家为业，坦白说这个数字并不太多。不如说其实为数甚少。多数"新进作家"不知不觉间悄然消失了，或者（可能这种情形更常见一些）厌倦了小说创作，或者觉得坚持写小说很麻烦，转而投向其他领域。于是，他们写下的许多成为一时话题、受到一定关注的作品，现在恐怕在普通书店里难觅踪影了。尽管小说家没有名额限制，书店里的空间却是有限的。

我觉得，写小说似乎不是头脑活络的人适合从事的工作。当然，写小说必须拥有一定的思考能力、修养和知识。就连我这种人，似乎也具备了最低限度的思考能力和知识。嗯，大概是这样。但是，倘若有人直言不讳地当面追问：你真的确定是这样吗？那我倒真有些信心不足。

然而我常常想，才思过于敏捷或者说知识储备超常的人，只怕不适合写小说。因为写小说（或者故事）是需要用低速挡缓慢前行，去耐心推进的作业。我的真实感受是比步行或许要快那么一点，但比骑自行车慢，大致是这样的速度。并不是所有的人都拥有与这种速度匹配的思维活动。

在许多情况下，小说家是将存在于意识之中的东西转换成"故事"的形式表现出来。那原本固有的形态与后来产生的新形态之间会产生"落差"，便如同杠杆一般，利用这落差自身的能量来讲故事。这是相当绕弯子和费工夫的活儿。

脑海中的信息拥有一定轮廓的人，便不必将其一一转换成故事。径直将那轮廓原封不动地转化为文字往往更快捷，也容易让一般人理解。恐怕得花上半年才能转换成小说形态的信息与概念，如果原封不动直接表达的话，可能只需要三天就能转化为文字。要是对着麦克风想到什么就说什么，也许不超过十分钟就能完工。才思敏捷的人当然能胜任这种事，听众也会恍然大悟："啊哈，原来如此啊。"总之，那是因为脑袋聪明的缘故。

此外，知识储备丰富的人也不必特地搬出这个叫"故事"的、含混模糊或者说底细不明的"容器"来，更无须从零出发进行虚构的设定。只消将手头的知识合乎逻辑地巧妙编排，转换为文字，人们大概就能毫无障碍地理解和信服，感到心满意足了。

不少文艺评论家无法理解某类小说或故事，即便理解了，也无法顺利地转化为文字或理论，原因可能就在于此。与小说家相比，他们通常太过聪明，脑筋转得太快，身体往往无法适应故事这种低速的交通工具，因而先将故事文本的节奏转译成自己的节奏，再根据这转译出来的文本展开论述。这样的做法既有合适的时候，也有不太合适的时候，既有一帆风顺的时候，也有不那么顺风顺水的时候，尤其是当那文本的节奏不仅缓慢，并且在缓慢之上又加上了多重性与复合性的时候，那转译过程会变得益发艰难，转译出来的文本也就面目全非了。

这些姑且不论，我不知亲眼目睹过多少才思敏捷的人、聪明伶俐的人（他们大多来自其他行业），在写出一两部小说后，便将精力投向别处。他们的作品多数是"写得真好"的才华横溢的小说，有些还给人耳目一新的惊艳之感。然而除了极少例外，几乎无人作为小说家长期停留在擂台上。大部分甚至给我留下一种"稍稍观摩两眼，就此绝尘而去"的印象。

小说这东西，多少有些文才的人或许一生中都能轻而易举地写出一两部来。与此同时，聪明人大概很难从写小说这种劳作中找到期待的益处，估计他们写出一两部小说就会恍然大悟："啊哈，原来如此，就是这么一回事呀。"就此转变心思，琢磨着与其如此，还不如去干别的行当效益更高。

我也能理解那种心情。写小说这份活计，概而言之，实在是效率低下的营生。这是一种再三重复"比如说"的作业。有一项个人主题存身其间，小说家将这个主题挪移到别的文脉加以叙述："这个嘛，比如说就是这么回事。"然而，一旦在这种挪移和置换中出现不明朗之处或暧昧的部分，针对这些便又要开始"这个嘛，比如说就是这么回事"。这种"比如说就是这么回事"式的叙述周而复始、没完没了，是一条永无止境的挪移置换链条，就像俄罗斯套娃，一层又一层地打开，总会出现更小的娃娃。我甚至觉得大概不会再有如此效率低下、如此拐弯抹角的工作了。因为若能明确而理性地把最初的主题顺利转化为文字，这"比如说"式的置换就完全没有必要了。用个极端的表达，或许可以这样定义："所谓小说家，就是刻意把可有可无变成必不可缺的人种。"

可是如果让小说家来说，恰恰正是这些可有可无、拐弯抹角的地方，才隐藏着真实与真理。这么说或许有点强词夺理之嫌，然而小说家大多是抱着这种坚定的信念埋头劳作的。所以，自然会有人认为"世上没有小说也无关紧要"，但同时，认为"这个世界无论如何都需要小说"也是理所当然。这取决于每个人心中对时间跨度的选择方式，也取决于每个人观察世界的视野架构。表达得更确切些，效率欠佳、拐弯抹角的东西与效率良好、灵敏自如的东西互为表里，我们栖身的这个世界就是如此多元。无论缺少了哪个层面（或者处于绝对劣势），世界恐怕都会变得扭曲。

说到底这只是我个人的看法，但写小说基本上是一项非常"慢节奏"的活计，几乎找不出潇洒的要素。独自一人困守屋内，"这也不对，那也不行"，一个劲地寻词觅句，枯坐案前绞尽脑汁，花上一整天时间，总算让某句话的文意更加贴切了，然而既不会有谁报以掌声，也不会有谁走过来拍拍你的肩膀，夸赞一声"干得好"，只能自己一个人心满意足地"嗯嗯"颔首罢了。成书之日，这世上可能都没有人注意到这个贴切的句子。写小说无疑就是这样一种活计，无比耗时费工，无比琐碎郁闷。

世上有人会花上一年的时间，拿着长镊子在玻璃瓶里制作精密的船舶模型，写小说或许与之相似。我这个人粗手笨脚，根本做不来那种琐细的活计，然而我觉得两者在本质上却有相通之处。写长篇小说时，这种密室里的精工细活日复一日地持续，几乎无休无止。假如这样的活计原本就不合乎自己的天性，或者吃不了这种苦，根本不可能持之以恒。

记得小时候在哪本书上读到过两个人游览富士山的故事。两人以前都没见过富士山。脑子好使的男人仅仅在山脚下从几个角度望了望富士山，便说道："啊哈，所谓富士山就是这个样子啊。这里果然是美不胜收。"然后心满意足地打道回府了，极其高效，爽快利索。然而另一个男人脑袋不太好使，没办法那般利落地悟透富士山，只好孤身一人落在后边，自己动脚爬到山顶一探究竟。于是既费时间，又费功夫，弄得筋疲力尽。折腾一番之后，终于才弄明白："哦，这就是所谓的富士山？"总算悟透，或者说大致心中有数了。

被称作小说家的族群（至少其中大半）说来便是后者——这么说有点那个，就是属于脑袋不太好使的那一类，倘若不亲自爬上山顶一探究竟，便理解不了富士山究竟是怎么回事。非但如此，甚至爬过好多次依然不明所以，再不就是爬上去的次数越多，反倒变得越糊涂。也许这才是小说家的禀赋。如此一来，已经算不上什么效率问题了。不管怎么说，脑袋好使的人反正干不了这种职业。

所以，就算某一天来自其他行业的才子横空出现，以一部作品博得评论家青睐和世人瞩目，成为畅销书，小说家们也不会感到太惊讶，或者觉得受到威胁，更不会对此愤愤不平（窃以为）。因为这些人中能够长期坚持创作的少之又少，小说家们对此心知肚明。才子有才子的节奏，知识分子有知识分子的节奏，学者有学者的节奏。以长远的眼光来看，这些人的节奏似乎大多不适合执笔创作小说。

当然,职业小说家中也有被称作天才的人,还有脑袋好使的人。只不过他们不单是通俗意义上的脑袋好使,还是小说式的脑袋好使。然而依我所见,单凭那副好使的脑袋能对付的期限——不妨浅显易懂地称为"小说家的保质期"——最多不过十来年。一旦过期,就必须有更加深厚、历久弥新的资质来取代聪慧的头脑。换句话说,就是到了某个时间点,就需要将"剃刀的锋利"转换为"砍刀的锋利",进而将"砍刀的锋利"转换为"斧头的锋利"。巧妙地度过这几个转折点的作家,才会变得更有力量,也许就能超越时代生存下去。而未能顺利转型的人或多或少会在中途销声匿迹,或者存在感日渐稀薄。脑袋灵活的人或许会顺理成章地各得其所。

那么,对于小说家来说,什么才是"顺理成章地各得其所",如果允许我直抒己见,那与"创造力衰减"几乎就是同义。小说家和某种鱼一模一样,倘若不在水中始终游向前方,必然只有死路一条。

就这样,我对那些长年累月孜孜不倦地(可以这么说吗?)坚持写小说的作家——也就是我的同行——一律满怀敬意。诚然,对他们的每部作品会有个人的好恶,但我觉得一是一、二是二,这些人能作为职业小说家活跃二三十年,或者说存活下来,并有一定数量的读者，身上必定具备小说家优秀而坚实的内核。那是非写小说不可的内在驱动力，以及支撑长期孤独劳作的强韧忍耐力。或许可以说，这就是职业小说家的资质和资格。

写出一部小说并非多大的难事。写出一部上乘的小说，对某些人来说也并非多大的难事。虽不说手到擒来，也并非难以企及。不过，要持之以恒地写下去却难之又难，绝非人人皆能。正如刚才说的，想做到这一点，就必须具备特别的资格。而它与"才华"恐怕是风马牛不相及的。

那么，该怎样分辨有没有这资格呢？答案只有一个：直截了当地扔到水里，看它是浮起来还是沉下去，除此之外别无他法。这个说法虽然粗暴，不过人生好像原本就是这样。何况不去写什么小说（或者说本来就没写小说），反倒能聪明高效地度过人生。尽管如此，还是想写小说、觉得非写不可，那就去写小说吧，并且一直坚持写下去。对于这样的人，我身为一个作家，会敞开胸襟欢迎他。

欢迎跳上擂台来！

第二章
刚当上小说家那会儿

三十岁那年，我获得文艺杂志《群像》的新人奖，以作家身份正式出道。那时候，我已经积累了一定的人生经验，虽然谈不上多么丰富，却与普通人或者说常人有些不同的意趣。通常大家都是先从大学毕业，接着就业，隔一段时间，告一段落后再结婚成家。其实我原先也打算这么做，或者说，马马虎虎地以为大概会顺理成章变成这样。因为这么做，呃，是世间约定俗成的顺序。而且我（好也罢坏也罢）几乎从来没有过狂妄的念头，要与世情背道而驰。实际上，我却是先结婚，随之为生活所迫开始工作，然后才终于毕业离校的。与通常的顺序正好相反。这该说是顺其自然呢，还是身不由己便木已成舟，总之人生很难按部就班地依照既定方针运作。

反正我是一开始先结了婚（至于为什么要结婚，说来话长，姑且略去不提），又讨厌进公司就职（至于为什么讨厌就职，这也说来话长，姑且略去不提），就决定自己开家小店。那是一家播放爵士唱片，提供咖啡、酒类和菜肴的小店。因为我当时沉溺于爵士乐（现在也经常听），只要能从早到晚听喜欢的音乐就行啦！就是出于这个非常单纯、某种意义上颇有些草率的想法。我还没毕业便结了婚，当然不会有什么资金，于是和太太两个人在三年里同时打了好几份工，总之是拼命攒钱，然后再四处举债。就这样用东拼西凑来的钱在国分寺车站南口开了一家小店。那是一九七四年的事。

值得庆幸的是，那时候年轻人开店不像现在这样耗费巨资，所以和我一样"不想进公司上班""不愿向体制摇尾乞怜"的人们，就到处开起小店来，诸如咖啡馆、小饭馆、杂货店和书店。我的小店周边也有好几家同龄人经营的店。血气方刚、貌似学生运动落魄者的家伙们也在四周晃来晃去。整个世间好像还有不少类似"缝隙"的地方，只要走运，找到适合自己的"缝隙"，就好歹能生存下去。那是一个虽然事事粗枝大叶，却也不乏乐趣的时代。

我把从前用过的立式钢琴从家里搬过来，周末在店里举办现场演奏会。武藏野一带住着许多爵士乐手，尽管演出费低廉，大家却（好像）总是快快活活地赶来表演。像向井滋春啦，高濑亚纪啦，杉本喜代志啦，大友义雄啦，植松孝夫啦，古泽良治郎啦，渡边文男啦，可真让人开心啊。他们也罢我也罢，大家都很年轻，干劲十足。呃，遗憾的是，彼此都几乎没赚到什么钱。

虽说是做自己喜欢的事情，但毕竟负债累累，偿还债务颇为艰苦。我们不单向银行举债，还向朋友借款。好在向朋友借的钱没几年就连本带利还清了。每天早起晚睡、省吃俭用，终于偿清了欠债，尽管这是理所应当的事情。当时我们（所谓我们，指的是我和太太）过着非常节俭的斯巴达式的生活。家里既没有电视也没有收音机，甚至连一只闹钟都没有。也几乎没有取暖设施，寒夜里只好紧紧搂着家里养的几只猫咪睡觉。猫咪们也使劲往我们身上贴过来。

每个月都要偿还银行的贷款，有一次怎么也筹不到钱，夫妻俩低着头走在深夜的路上，拾到过掉在地上的皱巴巴的钞票。不知该说是共时性原理①，还是某种冥冥中的指引，那偏巧就是我们需要的金额。第二天再还不上贷款的话，银行就会拒绝承兑了，简直是捡回了一条小命（我的人生路上不知何故经常发生这种不可思议的事）。本来这笔钱应该上交给警察，可那时我压根儿就没有力气说漂亮话。对不起了……事到如今再来道歉也无济于事。呃，我愿意以其他方式尽可能地返还给社会。

我无意在这里倾吐委屈，总之是想说在二十多岁的时候，我一直生活得十分艰辛。当然，世上际遇更惨的人不计其数。在他们看来，我的境遇恐怕只能算小菜一碟："哼，这哪里算得上什么艰辛！"我觉得这种说法也没错，但一归一二归二，对我而言

---

① 心理学家荣格提出，指"有意义的巧合"，用于解释因果律无法解释的现象。

这已经足够艰辛了。就是这么回事。

然而也很快乐。这同样是不争的事实。我们年轻，又非常健康，最主要的是可以整天听自己喜欢的音乐，店铺虽小，却也算是一国之君、一城之主。无须挤在满员电车里行色匆匆地赶去上班，也无须出席枯燥无聊的会议，更不必冲着令人生厌的老板点头哈腰，还能结识形形色色的有趣的人、兴味盎然的人。

还有一点十分重要，我在这段时间里完成了社会学习。说"社会学习"似乎太直白，显得傻气，总之就是长大成人了。好几次差点头撞南墙，却在千钧一发之际全身而退。也曾遇到过污言秽语、遭人使坏，闹得满腹怨气。当时，仅仅因为是做"酒水生意"的，就会无端地受到社会歧视。不单得残酷地驱使肉体，还得事事沉默忍耐。有时还得把醉酒闹事的酒鬼踢出店门外。狂风袭来时只能缩起脑袋硬扛。总之别无所求，一心只想把小店撑下去，慢慢还清欠债。

不过，总算心无旁骛地度过了这段艰苦岁月，而且没有遭受重创，好歹得以保全性命，来到了稍稍开阔平坦一些的场所。略作喘息之后，我环顾四周，只见眼前展现出一片从未见过的全新风景，风景中站着一个全新的自己——简而言之就是这样。回过神来，我多少变得比以前坚强了一些，似乎多少（不过是一星半点）也增长了一些智慧。

我丝毫没有奉劝诸位"人生路上要尽量多吃苦头"的意思。

老实说，我觉得假如不吃苦头就能蒙混过关，当然是不吃更好。毫无疑问，吃苦受难绝不是乐事一桩，只怕还有人因此一蹶不振，再也无法重整旗鼓。不过，假如您此时此刻刚好陷入了困境，正饱受折磨，那么我很想告诉您："尽管眼下十分艰难，可日后这段经历说不定就会开花结果。"也不知道这话能否成为慰藉，不过请您这样换位思考、奋力前行。

如今回想起来，开始工作之前，我只是个"普通的男孩"而已。在阪神地区宁静的郊外住宅区长大，从不曾心生困扰，也从来不出去招惹是非。虽然不怎么用功，成绩倒也说得过去。只是从小就喜爱读书，捧起书来便心花怒放。从初中到高中，像我这样读了许许多多书的人，周围恐怕找不出第二个。另外，我还喜欢音乐，沐雨栉风般听过各种音乐。于是在所难免，我怎么也腾不出时间来应付学校的功课了。我是独生子，基本是饱受关爱（不如说娇生惯养）地长大成人的，几乎从未遭遇过挫折。一句话，就是不谙世故到了不可救药的地步。

我考进早稻田大学来到东京，是在二十世纪六十年代末期，恰逢"校园纷争"的风暴袭天卷地的时节，大学长期被封锁。起初是因为学生罢课，后来则是因为校方封校。其间几乎不用上课，（或者说）拜其所赐，我度过了一段荒诞不经的学生生涯。

我原本就不善于加入群体，与大家一起行动，因此没有参加任何派系，但基本上是支持学生运动的，在个人范围内采取了力所能及的行动。但自从反体制派系之间的对立加深，"内讧"轻率地致人丧命之后（就在我们一直上课的文学院教室里，有一位不参与政治的学生被杀害了），与众多同学一样，我对那场运动的方式感到了幻灭。那里面隐藏着某些错误的、非正义的东西。健全的想象力不复存在了。而当风暴退去、雨过天晴之后，残留在我们心中的只有余味苦涩的失望。不管喊着多么正确的口号，不管许下多么美丽的诺言，如果缺乏足以支撑那正确与美丽的精神力量和道德力量，一切都不过是空洞虚无的说辞罢了。我当时切身体会到了这一点，至今仍然坚信不疑。语言有确凿的力量，然而那力量必须是正义的，至少是公正的。不能听任语言独行其是。

于是，我再一次迈入了更个人化的领域，安居于其中。那便是书籍、音乐、电影的世界。当时，我长期在新宿歌舞伎町通宵营业的地方打工，在那里邂逅了形形色色的人。不知道如今情况如何，但当时歌舞伎町一带深夜里有许多让人兴趣盎然、来历不明的人游来荡去。既有好玩的事儿，也有开心的事儿，相当危险和棘手的事儿也不少。总而言之，比起大学教室，或者由趣味相投的学生组成的社团之类的地方，我倒是在这种生机勃勃、五花八门，有时候还上不了台面的粗鄙场所，学到了有关人生的种种现象，获得了一定的智慧。英语里有个词叫作"streetwise"，意思是"拥有在都市里生存所需的实用知识"，对我来说，与学术性的东西相比，这种脚踏实地的东西反而更对脾胃。老实说，我对大学里的功课几乎毫无兴趣。

婚也结了，工作也有了着落，再去讨一纸大学毕业证书其实也没什么用处。不过，当时早稻田大学采取按照所修的学分缴纳学费的制度，我余下的学分也不多，便一边工作一边抽空去听课，花了七年时间总算毕了业。最后一年，我选修了安堂信也先生关于让·拉辛的课程，由于出勤天数不够，眼看学分又要丢掉了，我便跑到先生的办公室向他解释："其实是这样的，我已经结婚了，每天都在工作，很难赶到学校来上课……"先生还专程来到国分寺，到我开的小店里看了一趟，说着"你也很不容易呀"就回去了。托他老人家的福，学分拿到了手。真是一位古道热肠的人！当时大学里（现在就不得而知了）还有不少像他这样豪爽的老师。不过，上课的内容我几乎都没记住（对不起了）。

在国分寺车站南口一幢大楼的地下室，我开了约莫三年的小店。有了一批老主顾，欠款也大致能顺顺当当偿还了，但大楼的业主忽然开口："这里要扩建了，你们给我搬出去。"无奈（其实事情并非这般简单，其间有种种艰难，同样说来话长……）只得搬离国分寺，迁往市内的千驮谷。店铺比从前敞亮了，还可以放下现场演奏用的三角大钢琴。这倒是一件好事，只是如此一来又添了新的债务，总也无法不慌不忙地静下心来（回首来时路，好像这"总也无法不慌不忙地静下心来"竟成了我的人生主旋律）。

就这样，我二十几岁的时候从早到晚都在干体力活，每天都忙着还债。一想起当年的往事，唯一的印象就是真干了不少活儿啊。我想，大家的二十多岁都过得比我快乐吧。对我而言，无论在时间上还是经济上，几乎都没有余裕去"享受青春岁月"。但即便在那时，只要一有空暇，我就捧卷阅读。不管工作多么繁忙、生活多么艰辛，读书和听音乐对我来说始终是极大的喜悦。唯独这份喜悦任谁都夺不走。

二十多岁的岁月临近尾声时，千驮谷的小店生意总算渐渐稳定。尽管还有大笔欠款尚未还清，尽管随着季节变换营业额还有大幅波动，不能掉以轻心，但只要照这样坚持下去，总算可以对付过去了。

我自认没什么经营才能，又生性不善应酬，并非社交型的性格，显然不适合从事服务业，不过，我的可取之处是只要是喜欢的事，就会任劳任怨一心一意去做。我想正因如此，小店的经营才马马虎虎还算顺利。毕竟我酷爱音乐，只要从事与音乐相关的工作，基本上就是幸福的。可是回过神来，我已经年近三十了。能称为青春时代的时期即将落幕，记得多少有些奇怪的感觉："哦，所谓人生就是这样转瞬即逝的啊。"

一九七八年四月一个晴朗的午后，我到神宫球场去看棒球赛。是那一年中央棒球联盟的揭幕战，由养乐多燕子队对阵广岛鲤鱼队。下午一点开赛的日场。我当时是养乐多燕子队的球迷，又住在距离神宫球场很近的地方（就在千驮谷的鸠森八幡神社旁边），常常在散步时顺便溜达过去看场球赛。

要知道那时候养乐多燕子队十分弱小，万年 B 级，球队又穷，更没有知名度高的球星，理所当然也没什么人气。虽说是揭幕战，外场席却观众寥寥。我一个人斜躺在外场席上，边喝着啤酒边看球。当时神宫球场的外场席不设座椅，只有一面铺满绿草的斜坡。我还记得当时非常心旷神怡。晴空万里，生啤冰凉，久违的绿草坪上清晰地映出白色的小球。棒球这玩意儿，还是得到球场来看啊。我由衷地想。

养乐多打头阵的击球手是来自美国的戴夫·希尔顿，一位清瘦的无名球员。他排在打击顺序的第一棒。第四棒是查理·曼纽尔，他后来当上了费城人队的总教练，驰名天下，当时还是个力气很大的精悍的击球手，日本的棒球迷管他叫"红鬼"。

广岛鲤鱼队打头阵的投手记得好像是高桥（里）。养乐多队的头阵则是安田。第一局下半局，高桥（里）投出第一球，希尔顿漂亮地将球击到左外场，形成二垒打。球棒击中小球时爽快清脆的声音响彻神宫球场。啪啦啪啦，四周响起了稀稀拉拉的掌声。这时，一个念头毫无征兆，也毫无根据地陡然冒出来："对了，没准我也能写小说。"

那时的感觉，我至今记忆犹新。似乎有什么东西慢慢地从天空飘然落下，而我摊开双手牢牢接住了它。它何以机缘凑巧落到我的掌心里，我对此一无所知。当时就不甚明白，如今仍莫名所以。理由暂且不论，总之它就这么发生了。这件事该怎么说好呢，就像是天启一般。英语里有个词儿叫"epiphany"，翻译过来就是"本质的突然显现""直觉地把握真实"这类艰深的文辞。说得浅显些，其实就是"某一天，什么东西突如其来地闪现在眼前，于是万事万物为之面目一变"的感觉。这恰恰是那天下午发生在我身上的事情。以此为界，我的人生状态陡然剧变。就是在戴夫·希尔顿作为第一击球手，在神宫球场打出潇洒有力的二垒打的那一瞬间。

比赛结束后（我记得那场比赛是养乐多队获胜），我坐上电车赶往新宿的纪伊国屋，买了稿纸和钢笔（SAILOR牌，两千日元）。当时无论是文字处理机还是个人电脑都没有普及，只能一个字一个字地手写。不过有一种非常新鲜的感觉，心扑通扑通地乱跳。因为用钢笔在稿纸上写字，对我来说实在是暌违已久的事了。

夜深时分，结束店里的工作后，我坐在厨房的饭桌前开始写小说。除了天亮前那几个小时，我几乎没有可以自由支配的时间。就这样，我花了差不多半年时间，写出了一部小说《且听风吟》（起初是叫别的题目来着）。第一稿写完，棒球赛季也快结束了。顺便一提，那一年养乐多燕子队出乎大多数人的预料，摘取了联盟冠军，又在全日本统一冠军总决赛中击败了拥有最强投手阵容的阪急勇士队。那实在是个奇迹般美好的赛季。

《且听风吟》不足二百页稿纸，是一部篇幅较短的小说。不过费了我好些功夫才写完。没什么可以自由支配的时间也是原因，但与之相比，毋宁说是因为我对小说该怎么写根本一窍不通。说老实话，我以前热衷阅读十九世纪的俄国小说和平装本英语小说，还未曾系统地认真阅读日本现代小说（即所谓的"纯文学"），所以不太明白当下的日本流行什么小说，也不知道该如何用日语写小说为好。

不过，我大致设想了一番："大概就是这么个东西吧？"花了几个月写了篇还像那么回事的东西。然而写好后一读，连自己也觉得不怎么样。"哎呀，这样可真是一筹莫展。"我颇感失望。该怎么说呢，大抵有了小说的模样，可是读来觉得无趣，读完后也没有打动人心的东西。连写的人读了都有如此感受，只怕读者更如此想了。心中不禁有些沮丧："我这个人还是没有写小说的才能啊。"一般人应该会黯然放手，然而我的手心还清晰地留着在神宫球场外场席上得来的 epiphany 的感觉。

转念一想，就算写不好小说也是理所当然。自打出生以来，就没写过什么小说，不可能一提笔就洋洋洒洒写出一篇杰作。也许就是因为一心想写出高明的小说、像模像样的小说，反而行不通。"反正也写不出好小说来,干脆别管什么小说该这样、文学该那样的规则,随心所欲、自由自在地写出胸中所感、脑中所想,不就可以了吗?"

话虽如此,可要"随心所欲、自由自在地写出胸中所感、脑中所想",却远不像嘴上说说那么简单。尤其对一个从来没有写过小说的人来说,这无疑是天下第一难事。为了彻底改变思维方式,我决定暂且放弃稿纸和钢笔。只要把它们放在眼前,这一身架势就不由自主地变得"文学"起来。取而代之,我搬出了收在壁橱里的 Olivetti 英文打字机,试着用英文写起了小说的开篇。反正不管什么都行,我就是想试试"不同寻常的事"。

当然,我的英语写作能力不足挂齿,只能使用有限的单词,凭借有限的句法来写文章,句子当然也都是短句。不管脑袋里塞满多么复杂的念头,也无法原模原样地表达出来。只好改用尽量简单的语言讲述内容,将意图转换为浅显易懂的文字,把描写中多余的赘肉削除,使形态变得紧凑,以便纳入有限的容器里。文章变得粗浅不文了。但正是在这样辛勤写作的过程之中,我渐渐找到了属于自己的文章节奏般的东西。

我生在日本长在日本,从小就一直作为日本人使用日语,所以在我这个系统中,满满当当地充塞着日语的种种词汇种种表达。想把心里的情感和情景转换为文章时,这些内容就会忙乱地来来回回,在系统内部引发冲撞。但如果用外语去写文章,恰恰由于词汇和表达受限，反而不会出现类似的情形。而且我那时发现，尽管词汇和表达的数量有限，但只要有效地进行搭配，通过运用不同的搭配方式，也可以十分巧妙地传情达意。也就是说，"根本无须罗列艰深的词汇"，"不必非用感人肺腑的美妙表达不可"。

多年以后，我才发现一位叫雅歌塔·克里斯多夫的作家运用有相同效果的文体，写过几篇美妙的小说。她是匈牙利人，一九五六年匈牙利事件时流亡瑞士，在那里半是出于无奈，开始用法语写小说。因为用匈牙利语写小说的话，她根本无以为生。法语对她来说是（事出无奈）后天习得的外语。然而她通过用外语写作，成功催生出了属于自己的新文体。短句搭配的巧妙节奏、率直不繁的遣词用句、毫不做作的准确描写，虽然没有着力渲染什么重大的事件，却弥散着深邃的谜团般的氛围。我清楚地记得多年后第一次读到她的小说时，从中感受到了似曾相识的亲切，虽然我们作品的倾向大不相同。

总之，我发现了这种用外语写作的有趣效果，掌握了属于自己的写作节奏后，就把英文打字机又收回了壁橱里，再次拿出稿纸和钢笔，然后坐在桌前，将英语写成的整整一章文字"翻译"成了日语。说是翻译，倒也并非死板的直译，不如说更接近自由地"移植"。这么一来，其中必然会浮现出新的日语文体。那也是我自己独特的文体，是我亲手觅得的文体。当时我想："原来如此，只消这样去写日语就行了。"正所谓是茅塞顿开。

我时常被人家说"你的文字满是翻译腔"。翻译腔究竟是什么,我不太明白。但某种意义上,我觉得这也算一语中的,但在某种意义上却又脱离靶心偏了题。就字面意义而言,开篇那一章还真是"翻译"成日语的,所以这话也不无道理,然而那不过是一个实际性的过程问题。我那时的目标是剔除多余的修饰,追求"中立"的轻快灵动的文体。我并非想写"稀释了日语性的日语文章",而是想运用尽量远离所谓"小说语言"和"纯文学体制"的日语,以自身独有的自然的声音"讲述"小说。为此就需要奋不顾身。说得极端一点,也许对于当时的我,日语无非是功能性的工具而已。

也许有人认为这是对日语的侮辱。实际上我曾经受到过类似的批判。然而语言这东西原本是刚强的,拥有久经历史考验的坚韧力量,无论受到何种人物何等粗暴的对待,都不至于损伤其自律性。用尽所能,想尽一切办法检验语言的可能性,极力拓展那有效性的范围,是每一位作家被赋予的权利。没有这样的冒险精神,任何新事物都不可能诞生。如今,日语对我来说在某种意义上仍然是一件工具。说得稍微夸张些,我相信继续锲而不舍地探究日语的工具性,无疑与日语的重生密切相关。

总之我就是这样运用新获得的文体,将已然写就的"不甚有趣"的小说,从头到尾完完全全改写了一遍。小说的情节大致相同，但表现手法却迥然相异，读后的印象也全然不同。那就是现在这部名为《且听风吟》的作品。我绝不是对这部作品的质量感到满意。写成之后重读一遍，我觉得这是一部尚不成熟、多有缺点的作品，只写出了自己想要表达的两到三成，但的确感到自己总算用大致可以接受的形态，写出了第一部小说，从而完成了一次"宝贵的挪移"。换句话说，在某种程度上，我以自己的方式对那种epiphany的感觉作出了回应。

写小说时，我感觉与其说在"创作文章"，不如说更近似"演奏音乐"。我至今仍然奉若至宝地维持着这种感觉。说起来，也许这并非是用脑袋写文章，而是用身体的感觉写文章。也就是保持节奏，找到精彩的和声，相信即兴演奏的力量。总而言之，当我深更半夜面对着餐桌，用新近获得的自己的文体写小说（似的东西）时，简直就像得到了崭新的工具，心怦怦狂跳，兴高采烈。至少，它巧妙地填满了我在三十岁即将来临时感到的内心空洞般的东西。

如果把最初写的那部"不甚有趣"的作品与现在的《且听风吟》对比一下，大概更清楚一些，遗憾的是那部"不甚有趣"的作品早就被丢弃了，没办法作比较。那是一部怎样的作品，我也差不多忘得一干二净。要是保存下来就好了，可当时我心想，这玩意儿留着有什么用？随手就扔进了垃圾箱。我能回忆起来的，只有"写它时心情不算太好"这一点。写那样的文章并非乐事。因为那文体并非发自内心地自然流露，就像穿着尺码不合身的衣服去运动一样。

春天里一个周日的早晨，《群像》的编辑打电话告诉我："村上兄的参赛小说闯进了新人奖评选的最后一轮。"距离神宫球场那场揭幕战已有将近一年，我已经度过了三十岁的生日。记得好像是上午十一点过后，因为前一天工作到深夜，我还没睡醒，困意朦胧，尽管手里拿着听筒，却没能理解对方究竟要告诉我什么。我甚至（真的是实话实说）早把向《群像》编辑部投稿的事忘到脑后了。只消写完它、姑且交到了某个人手里，我那"想写点什么"的心情便已释然。说起来无非是一部新起炉灶、信笔写来、一挥而就的作品，压根儿没想到这种东西居然能闯入最后一轮评选。连书稿的复印件都没留下。所以，倘若不是闯进了最终评选，这部作品肯定会不知所终、永远消亡了。而且我大概也不会再写什么小说。人生这玩意儿，琢磨起来真是奇妙。

据那位编辑说，连我的在内，共有五部作品闯进了最后一轮。我心里"咦"了一声。然而，还是因为睡意未消的缘故，并没有什么实际的感受。我钻出被窝，换好衣服，与妻子一道出门散步。走过明治大街的千驮谷小学旁，看见绿荫丛中趴着一只信鸽。抱起来一看，好像是翅膀受了伤，脚上套着名牌。我双手轻轻地捧着这只鸽子，把它送到了表参道同润会青山公寓（如今变成了"表参道Hills"）隔壁的岗亭，因为那是距离最近的岗亭了。我们沿着原宿的后街小路走过去，受伤的鸽子在我掌心暖暖地微微颤抖。那是一个晴朗舒爽的星期天，周围的树木、建筑、商店橱窗都在春日的阳光下闪耀，明亮而美丽。

这时我陡然想到，我肯定会摘取《群像》新人奖，并且从此成为小说家，获得某种程度的成功。看起来颇为厚颜，但不知何故，我确信会是这样，这个念头清楚无误。这与其说是逻辑性的想法，不如说是出于直觉。

我还清晰地记得三十多年前一个春日的午后，在神宫球场外场席上，那个东西飘然飞落到掌心时的感触；我的掌心同样记得一年之后，又是一个春天的下午，在千驮谷小学旁抱起的受伤鸽子的体温。当我思考"写小说"这件事的意义时，总是会回忆起那些感触。对我而言，这样的记忆意味着相信自己身上必有无疑的某种东西，以及梦想着将它孕育出来的可能性。这种感触至今仍然留在我身上，真是一件非常美好的事情。

写第一部小说时感受到的创作的"舒爽"与"快乐"，直到今天也基本没有改变。每天一大早睁眼起床，到厨房里热一壶咖啡，倒进大大的马克杯里，端着杯子在书桌前坐下，打开电脑（时不时还会怀念四百字一页的稿纸和用了多年的万宝龙粗头钢笔）。

然后开始左思右想："好了,接下来写什么呢？"这时候真是幸福。老实说,我从没觉得写东西是苦差事,也从来没有因为写不出小说而劳神苦形（真是堪称幸运）。不如说,如果不快乐,写小说的意义从一开始就不存在了。我无论如何也无法赞同把写小说当作服苦役的想法。小说这东西写起来应当奔流如川、喷涌如泉。

我绝不是以天才自居,也从不认为自己有什么特殊的才华。当然,连续三十多年作为职业小说家生存下来,我肯定也并非全无才能。大概原本就有些资质,或者说不同于其他人的倾向。然而这类事自己思来想去也毫无益处,还是交给别人去判断吧——如果哪儿有这种人的话。

我长年以来最为珍视的（如今依然最为珍视）,就是"我被某种特别的力量赋予了写小说的机遇"这个坦率的认识。而我也算是抓住了这个机遇,又得到幸运之神的眷顾,于是成了小说家。说到底,就结果而言,我是被别人（不知是何许人）赋予了这样的"资格"。我只想坦率地对这种状况表示感谢,并且像保护受伤的鸽子一样珍爱地守护着获得的资格。我现在仍然在写小说,我为这件事感到喜悦。至于别的,以后再说。

第三章

关于文学奖

我想谈一谈文学奖这东西。首先以芥川龙之介奖（芥川奖）为具体案例来谈一谈。这是个鲜活的例子，并且涉及较为直接、非常微妙的话题，所以也有难言之处，然而不忌惮误会，在这里稍稍讲上几句或许更好。谈论芥川奖，与泛泛地谈论文学奖或许有相通之处。而谈论文学奖，或许就等于谈论现代语境中文学的一个侧面。

这是不久前的事。某文艺杂志的卷末专栏写到了芥川奖，其中有这么一段文字："芥川奖这东西大概是相当有魔力的。因为有落选后会大吵大闹的作家，所以其声名益发响彻云霄。又因为有村上春树这样落选后对文坛避而远之的作家，所以其权威性益发明显。"这篇文章的作者叫"相马悠悠"，想必是化名吧。

我的确在许久以前两次入围芥川奖，那已经是三十多年前的往事了。两次都没有获奖，而且也确实一直在相对远离文坛的地方做着自己的事。然而，我和文坛保持距离，并非是未曾获得（或许该说未能获得）芥川奖的缘故，而是因为我对涉足那种场所一无所知又了无兴趣。在两件本来毫不相干的事物之间（可谓是）随意瞎找因果关系，未免叫我困惑。

看到人家这么一写，世间没准就有人老老实实地信以为真："哦？原来村上春树是因为没得到芥川奖，才远离文坛去混日子呀？"只怕一不留神，这种说法就会变成世间公论。我原以为将推理与结论分开使用是写文章的基本原则，难道并非如此吗？呃呃，虽然我的所作所为还是那副老样子，可从前被说成"受到文坛的冷落"，如今却被说成"对文坛避而远之"，或许应当额手称庆才是。

我之所以居于距离文坛较远之地，原因之一是一开始就没打算"要当作家"。我作为一个普通人过着极其普通的生活，有一天陡然起意写了部小说，而那部小说一下子就摘取了新人奖。所以文坛是怎么一回事，文学奖又是怎么一回事，我几乎丝毫不具备这类基础知识。

而且那时我还有"正业"，日常生活总而言之忙得够呛，处理一件件非处理不可的事务就已经手忙脚乱了，这也是原因之一。就算长了三头六臂都不够用，哪里还有闲心去纠缠那些可有可无的事情。当上职业作家之后，虽然不再那般忙碌了，可是心里一寻思，这是又过起了早睡早起的生活，几乎每天都去运动，拜其所赐，晚间几乎不再外出应酬，因而也不曾涉足新宿的黄金街。我绝不是对文坛和黄金街心怀反感，只是碰巧在现实生活中既没有必要也没有时间与这些场所建立关系、前去造访，仅此而已。

至于芥川奖是否"有魔力"，我就不太清楚了，是否"有权威"，我也一无所知。而且从来就没有意识到这类事情。迄今为止有谁得过这个奖，又有谁没得到这个奖，我也毫不知情。从前就没什么兴趣，现在也差不多一样（或者说越来越）兴味索然。就算像那个专栏作者说的，芥川奖是有魔力的东西，至少那魔力并未波及我身畔。大概是在半道上迷了路，没能挣扎着走到我身边吧。

我凭借《且听风吟》和《1973年的弹子球》这两部作品获得了芥川奖提名。不过老实说（如果有可能，希望诸位原原本本地相信我的话），当时却觉得拿不拿奖都无所谓。

《且听风吟》获得文艺杂志《群像》的新人奖时，我的确打心底感到高兴。我可以广而告之，向世界断言，那是我人生中划时代的事件。因为这个奖是我成为作家的入场券。有没有入场券，情况可大不相同。因为眼前那扇大门豁然洞开，而我还以为，只要有那么一张入场券就万事大吉了。至于芥川奖如何如何，我那时完全没有时间去思考。

还有一点，对于最初这两部作品，我自己也感觉不太满意。写这些作品时，我觉得本来拥有的实力只发挥出了两三成。毕竟是有生以来头一回写东西，小说这玩意儿该如何写为好，基本技术我还不太明白。如今想来，"只发挥出两三成实力"在某种程度上未尝不是一种亮点。不过一归一二归二，从作者角度来看，作品的质量还有不少地方让我难以满意。

所以，当入场券还可以，但凭着这样的水准，继《群像》新人奖之后居然连芥川奖也拿到了手，只怕反而会肩负起过重的负担。在这个阶段就受到如此高的评价，难道不是有点"过头"吗？说得平实点，就是："咦，连这玩意儿都可以？"

多花些时间的话，肯定能写出更好的东西来——我心里有过这样的念头。作为一个不久前还从未想过要写小说的人，这个念头或许相当傲慢。连我自己都这么觉得。但允许我坦率地阐述个人见解的话，一个人如果连这点傲气都没有，就别想当什么小说家了。

《且听风吟》和《1973年的弹子球》都被媒体宣传成芥川奖"最有力的提名作"，周围的人好像也都期待我获奖，然而基于前述理由，错失芥川奖反倒让我松了一口气。而让我落选的评委们的心情，我也能够理解："嗯，大概就是这么回事吧。"至少没有怀恨之心，也不曾想过与其他提名作品相比如何如何。

当时，我在东京经营一家类似爵士酒吧的小店，差不多每天都去店里上班，假如得了奖、受到世人瞩目，只怕周遭就将哗然一片，令人心烦。这也是一桩心病。毕竟是做服务业的，纵然是心里不想见的人，可来的都是客，也不能避而不见——话虽如此，其实也有几次实在忍受不了，只好逃避不见。

记得两度获得提名，又两度落选之后，身边的编辑都对我说："这下村上兄就算是功德圆满了，从今往后大概不会再被提名了吧。"我心里还在想："功德圆满？这个词有点怪怪的啊。"芥川奖基本是颁给新人的奖项，到了一定的时期就会被排除在候选名单之外。据某家文艺杂志的专栏说，还有作家曾六次获得提名，而我两次就功德圆满了。这是为什么呢？我不清楚原委，总之那时候文坛和业界好像达成了"村上已然功德圆满"的共识。大概是惯例使然吧。

然而虽说是"功德圆满"，我也没感觉特别失望，反倒心情舒畅起来，或者说安心感更强烈一些：对芥川奖再也不用多想了。得奖也罢不得奖也罢，我自己倒真的无所谓，但记得每次获得提名后，随着评审会临近，周围的人便莫名其妙地坐立不安，那种气氛稍稍有些令人心烦意乱。有种奇怪的期待感，还夹杂着轻微的焦虑般的感觉。仅仅是获得提名，就被媒体渲染成话题，那反响既大，还难免引发反感之类，如此种种烦不胜烦。只有两次，令人郁闷的事情就够多了，如果这种情况年年重复的话……单是想象一下，就不禁心情沉重。

其中最令人心情沉重的，莫过于大家都来安慰我。一旦落选，就有许多人赶来看我，对我说："这次太遗憾啦。不过下次绝对能得奖。下部作品请好好写啊！"对方（至少在大多数场合下）这么说是出于好意，我心里也明白。可是每当有人这样说，我就不知道该怎么回答才好，落得心情复杂兮兮的，只好"呃呃，嗯嗯……"地含糊其词，搪塞了事。就算我说"得不得奖其实都无所谓啦"，只怕也不会有人照单全收，反而会导致场面尴尬。

NHK 也很烦人，还在提名阶段，就打来电话跟我打招呼："等您得到了芥川奖，请第二天早晨来上电视节目呀。"我工作很忙，又不想上什么电视（因为我生性不喜欢抛头露面），就回答说：不行，我不去。可他们总也不肯退让，反而怪我为何不上电视，生我的气。每次获得提名后都会发生诸如此类的事情，往往令人心烦难耐。

世人为什么只对芥川奖如此在意，我时常感到不可思议。不久前，我走进一家书店，发现里面堆满了书名类似《村上春树为什么没能获得芥川奖》的书。我没翻开读过，不知道内容如何——自己毕竟不好意思买吧？不过，出版这种书本身就叫人心生疑窦："好像有点咄咄怪事的感觉嘛。"

不是吗？就算那时我得到了芥川奖，可是，既无法想象世界的命运会因此发生改变，也无法想象我的人生会由此面目全非。世界大概还是眼下这副德行，我也肯定还是这样，三十多年来（可能有些许误差），大抵按照相同的节奏执笔创作至今。不管我是否获得芥川奖，我写的小说恐怕照样被同一批读者欣然接受，照样让同一批人焦虑不安。（让为数不少的某类人焦虑不安，好像与文学奖无关，而是我与生俱来的资质使然。）

假如我得了芥川奖，伊拉克战争就不会爆发——如果事情是这样，我自然也会感到有责任，但这样的事绝无可能。既然如此，我没获得芥川奖一事为什么非要特地做成一本书不可呢？老实说，这正是让我困惑的地方。我得没得到芥川奖，不过是茶杯里的风暴……又何曾是风暴呢，连小旋风都算不上，简直是微不足道。

这话一说出口，没准会惹出是非来：芥川奖无非是文艺春秋这家出版社评选的一个奖项。文艺春秋把它当作一项商业活动在运营——即便不把话说得这么绝对，可要说完全没有商业运作成分，那就是撒谎了。

总而言之，作为一个长期以小说家为业的人，如果允许我根据真实感受直言相告，新人阶段的作家所写的东西中能有令人刮目相看的作品脱颖而出，大概五年才有那么一回吧。就算把标准稍微降低一些，也是两三年才有一次。如今竟然要每年甄选两回，就免不了有点滥竽充数的感觉。当然，就算这样也没关系（奖项这东西或多或少是一种勉励，或者说一种祝贺仪式，放宽准入条件并非坏事），不过客观来看，我不由得会想：这样的水准恐怕还不足以每次都让媒体倾巢出动，炒作成社会事件。其间的失衡就有些怪异了。

然而这么说的话，势必有人要想：岂止是芥川奖，全世界所有的文学奖其实"又有多少实质性价值呢"？这么一来，讨论就无法进行下去了。不是吗？但凡名字叫奖的，从奥斯卡金像奖到诺贝尔文学奖，除了评价基准被限定为数值的特殊奖项，价值的客观佐证根本就不存在。若想吹毛求疵，要多少瑕疵都能找得出来；若想珍重对待，怎样视若瑰宝都不为过。

雷蒙德·钱德勒在一封书信中，就诺贝尔文学奖这样写道："我想不想成为大作家？我想不想得到诺贝尔文学奖？诺贝尔文学奖算什么！这个奖颁给了太多的二流作家，还有那些不忍卒读的作家们。更别说一旦得了那玩意儿，就得跑到斯德哥尔摩去，得身着正装，还得发表演讲。一个诺贝尔文学奖值得费那么大的功夫吗？绝对不值！"

美国作家纳尔逊·艾格林（代表作有《金臂人》《走在狂野的一边》）受到库尔特·冯内古特的大力推举，于一九七四年获得美国艺术暨文学学会成就奖，却因为在酒吧里跟女孩子喝得烂醉，结果错过了颁奖仪式。他当然是有意为之。人家问颁给他的奖章呢，他答道："这个嘛……好像被我扔掉啦。"《斯特兹·特克尔自传》里写到了这个小插曲。

当然，这两个人或许是偏激的例外，因为他们独具一格，一辈子坚持叛逆精神。然而他们二人共同感受到的，或者说以鲜明的态度想表达的，恐怕就是"对真正的作家来说，还有许多比文学奖更重要的东西"。其中之一是自己创造出了有意义的东西的感触，另一个则是能正当评价其意义的读者——不论人数多寡——的确存在于斯的感触。只要有了这两种切切实实的感触，对于作家而言，什么奖不奖的就变得无足轻重了。说到底，这种东西无非是社会或文坛以一种形式对他们进行追认罢了。

然而许多时候，世上的人们只把目光投向有具体形态的东西，这也是不争的事实。文学作品的实质终究是无形之物，而一旦被授予奖项或奖章，便留下了具体形态。人们便可以对那"形态"加以关注。恐怕正是这样一种与文学性毫不相干的形式主义，以及权威一方"颁奖给你啦，速来领取"式的"自上而下的视线"，让钱德勒和艾格林们焦虑不安吧。

每当接受采访，被问及与获奖相关的话题（不论在国内还是海外，不知何故常常问到这个），我总是回答说："最重要的是有好的读者。不管是什么样的文学奖、勋章或者善意的书评，都比不上自掏腰包买我的书的读者更有实质意义。"同样的回答说了一遍又一遍，连自己都觉得腻烦了，却几乎没有人真心相信我这番说辞。多数场合都惨遭无视。

仔细一想，这的确是又现实又无聊乏味的答案，听上去就像彬彬有礼的"官方发言"。我自己也时常这么想。至少不是那类让媒体人感到津津有味的说法。但无论是多么无聊乏味的陈词滥调，对我来说却是实话实说，所以也无可奈何。不管问多少遍，我都会重复相同的说辞。当一个读者付出一千几百日元，甚至几千日元买一本书时，他绝不可能别有用心，（大概）只有一个坦率的想法："我要读这本书！"或者说只是抱着一腔期待。这样的读者让我发自内心地感到珍贵。与之相比——算了，只怕也不必进行具体的比较吧。

本来不必重新强调这句话：流芳百世的是作品，而不是奖项。还记得两年前的芥川奖获奖作品的人，还记得三年前的诺贝尔文学奖得主的人，世上只怕不会太多。你自己记不记得？假如一部作品果真优秀，经历了适当的时间磨炼之后，人们就会永远把它留存在记忆中。至于厄内斯特·海明威得没得过诺贝尔文学奖（他得过），豪尔赫·路易斯·博尔赫斯得没得过诺贝尔文学奖（他得过吗），究竟又有谁会介意这种事情呢？文学奖虽然能让特定的作品风光一时，却不能为它注入生命。这是不必一一言明的。

是否因为没获得芥川奖而遭受过损失？我左思右想，却连一个稍微沾点边的例子也想不出来。那么，有没有享受过好处？这个嘛，因为没拿到芥川奖而享受好处的情况好像也不曾有。

唯独一点，对自己的姓名旁边没有注上"芥川奖作家"的头衔，我稍稍有些喜悦。说到底不过是遐想——逐一在自己姓名旁边注上这种头衔的话，会让人觉得好像在暗示"你无非是借芥川奖的光才能混到今天"，只怕多少有些心烦。如今我没有任何像样的头衔，因而无拘无束，或者说无牵无挂。只是村上春树（而已）。这相当不坏。至少对我本人来说，不算那么糟糕。

不过，这并非因为对芥川奖心怀反感（好像有点老话重提，我压根儿就没有这种念头），而是对我归根结底是以这种"个人资格"从事写作、活到今天稍稍感到自豪。兴许这算不上什么大不了的事，但对我来说却至关重要。

这可能是个大致的推测，习惯手不释卷地阅读文学书的读者，我估计大约占总人口的百分之五。这是堪称核心读者的百分之五。近来人们常常谈论所谓的"告别图书""远离铅字"，我觉得某种程度上确有此事。不过，纵使这百分之五的人被上头强令"不准读书"，他们恐怕也会以某种形式继续阅读。即便不像雷·布雷德伯里的《华氏451度》里描写的那样，大家为逃避镇压躲进森林，在一起互相背书给对方听……大概也会偷偷地躲在某处继续看书吧。不用说，我也是其中一员。

一旦养成读书的习惯——大多是年轻时养成的——就很难轻而易举地放弃阅读。不管手边有 YouTube 还是 3D 电子游戏，只要一有空（甚或没有空）就会捧卷阅读。而且，世上每二十个人当中只要有这么一个人存在，我就不会过于忧心书籍与小说的未来。至于电子书如何如何，眼下我也不是特别担心。纸张也好画面也好（或者像《华氏 451 度》那样的口头传承也好），媒介和形态怎样都无所谓，只要喜欢书的人好好地读书，就足够了。

令我忧心忡忡的，唯有"我能为这些人提供怎样的作品"这一件事。除此之外的事物，说到底不过是边缘性的现象。要知道，日本总人口的百分之五就是约莫六百万人的规模。有偌大一个市场，身为作家好歹能混口饭吃吧？不单单是日本，再将目光投向全世界，读者人数当然还会增加。

只不过说到剩下的那百分之九十五的人口，这些人日常生活中接触文学的机会大约不太多，或许今后还将日益减少。所谓"远离铅字"的现象可能会愈演愈烈。尽管如此，恐怕眼下（这同样是大致的推测）至少有半数的人，对社会文化现象或知性娱乐方面的文字有相应的兴趣，一有机会就想翻开书看看。该说是文学的潜在受众吧，以选举用语来说就是"浮动票"。因此，需要一些专门为这样的人设立的窗口，或者类似展示厅的东西。而（一直以来）作为那窗口或展示厅发挥作用的，或许就是芥川奖了。以葡萄酒来说就好比是博若莱新酒，以音乐来说就好比是维也纳新年音乐会，以赛跑来说就好比是箱根驿传。当然还有诺贝尔文学奖。不过话题一旦扩展到诺贝尔文学奖，事情就稍稍有些麻烦了。

有生以来，我一次都没当过文学奖的评审委员。倒不是没受到过邀请，只是每一次我都谢绝了："十分抱歉，我当不好。"因为我觉得自己不够格担任文学奖的评审委员。

要问为什么，理由很简单，因为我是一个过于个人的人。我这个人有自身固有的视角，还有赋予其形态的固有程序。为了维持这程序，从生活方式来说，有些地方就不得不变个人一点。若非如此，就无法顺畅地写出东西来。

然而，这毕竟只是我自己的尺度，尽管适合自己，但我并不认为可以套用在别人身上。我绝不是要"除了自己的做法，其他的统统排除"（这世上当然还有许多做法大相径庭，却令我心怀敬意），但其中也有"和我怎么都无法相容"或者"这个简直无法理解"的东西。总而言之，我只能沿着自己这条轴线去观察和评价事物。往好里说是个人主义，换个说法就是自我中心、任性妄为。于是，当我祭出这种自说自话的轴线和尺度，以它为准去评价别人的作品，那么被评价的一方只怕会受不了。地位在一定程度上已然稳固的作家倒也罢了，如果是出道不久的新人作家，要由我这充满偏颇的世界观去左右他的命运，这种事情就太恐怖了点，我做不来。

话虽如此，如果有人指责说，这种态度岂不等于放弃作家的社会责任？呃，也许是一语中的。就说我自己，也正是通过"群像新人文学奖"这个窗口，领取了一张入场券，开始了作家生涯。假如没有获得这个奖项，我很可能就成不了小说家。没准心想"算啦算啦"，从此以后再也不写小说了。那么，我岂不是也有义务向年轻一代提供同样的服务？就算世界观多少有些偏颇，不是也应该努力培养最低限度的客观性，"这下该由你来为后辈们发入场券啦"，把机会送到他们手中？这也言之有理。未能如此努力，或许全应归罪于我的怠慢。

不过，也拜托诸位想一想，作家最重大的义务就是为读者不断写出更高质量的作品。我也算是个现役作家，换言之就是一个"发展中作家"。眼下自己在干些什么？今后又该干些什么？对于这些，我是一个尚在摸索之中的人，是在文学这个战场的最前线，以血肉之躯冲锋陷阵的人。在那里九死一生，仍旧奋勇前行，这就是我被赋予的任务。以客观的眼光审视和评价别人的作品，肩负起责任进行推荐或淘汰，并不在我目前的工作范围之内。倘若认真去做——当然，既已动手做了，就只能认真去做——势必需要不少时间与精力，便意味着分配给自己的工作时间要被剥夺。说实话，我没有那样的余裕。也许有人能两全其美，可我仅仅是每天完成自己的任务就手忙脚乱了。

这种想法岂不是利己主义吗？当然，相当自私自利。没有反驳的余地，我心甘情愿接受批判。

然而另一方面，我从来没听说过出版社苦于找不齐文学奖评委的事。至少没见过由于找不到评委，文学奖便在一片惋惜声中被迫废止。非但如此，世上的文学奖貌似还在不断地增加。我甚至觉得，在日本，好像每天都有一项文学奖颁给了某人。因此，就算我不去当评委，好像也不会导致"入场券"发行减少，引发社会问题。

此外还有一个问题。假定我批判了某人的作品（提名作），结果人家反问道："那么，你自己的作品又怎么样呢？你有资格大言不惭地说这种话吗？"我势将无言以对。因为人家言之在理嘛。可能的话，我希望别遭遇这种尴尬场面。

虽然如此（我想把话先说清楚），我丝毫没有对担任文学奖评委的现役作家（说起来大家还是同行）评头论足的想法。肯定有些人能一面虔诚地追寻创作目标，一面以足够的客观性评价新人的作品。这些人大概能巧妙地来回切换脑袋里的开关。再者，的确也需要有人来承担这样的角色。我对这样的人心怀敬畏和感谢之情，但遗憾的是，看来我自己根本做不到。因为我这个人想问题作判断会花很长时间，常常花了时间还照旧判断失误。

关于文学奖这东西，不论是怎样的奖项，从前我一直都不太谈论它们。因为大多数情况下，得不得奖基本是与内容无关的问题，但在社会上又是相当刺激的话题。正如一开始说过的，我在文艺杂志上读到一篇关于芥川奖的小文章，忽然想到，差不多水到渠成，该就文学奖谈一谈一家之言了。倘若不这么做，就可能遭受莫名其妙的误解，而且不反驳纠正一下，这些误解还大有作为"见解"而变成定论之虞。

不过要对这类事情（呃，该说是腥气重吗）口无遮拦直言不讳，其实很不容易。弄不好越是实话实说，听上去越像说谎，或者是显得盛气凌人。投出去的石头说不定会以更强劲的势头反弹回来。尽管如此，我觉得实话实说仍然是上策。这世上肯定有某个角落，存在着能完全领会我想表达的意思的人。

在这里，我最想说的是，对作家来说比什么都重要的是"个人资格"。说到底，奖项应该承担起从侧面支撑这一资格的使命，它既不是作家笔耕多年的成果，也不是报偿，当然更不是结论。如果某个奖项能以某种形式强化这资格，对作家来说就是"好奖"；如果不是这样，或者反而成为障碍或麻烦，那么非常遗憾，它就不能说是"好奖"了。这么一来，艾格林便会把奖章随手扔掉，而钱德勒恐怕要拒绝斯德哥尔摩之行——当然，真的置身于这种境地，他们又将如何行动，我可就不得而知了。

就像这样，奖的价值因人而异，各有不同。其中有个人的立场、个人的事由，也有个人的想法和活法，不能混为一谈、相提并论。关于文学奖，我想说的也就是这些而已。无法一概而论。所以，也不希望一概而论。

呃，我在这里高谈阔论，事态想来也不会有所改变吧。

第四章

关于原创性

原创性是什么？

这是个很难回答的问题。对艺术作品来说，所谓"原创"究竟算怎么一回事？一件作品要想成为原创，什么样的资格必不可缺？如果从正面追究这个问题，有时会越琢磨越觉得莫名其妙。

脑神经外科医生奥利弗·萨克斯在著作《火星上的人类学家》中，这样定义原初创造性：

> 创造性有一个特征，它是极其个人化的东西，具有坚定的自我认同和个人风格。它反映在才能之中，与之交融，形成个人化的体例与形态。在这层意义上，所谓创造性就是指打造出新事物，冲破既定的思维方式，自由地翱翔于想象领域，在心里一次次重铸完整的世界，并且始终以内省的批判性眼光审视它。

实在是深得要领、确切而深奥的定义。可是，就算像这样耳提面命……我还是不由得抱着胳膊陷入沉思。

姑且将正面突破式的定义和理论束之高阁，从具体案例出发来思考，或许更容易理解一些。比如说，披头士横空出世是在我十五岁那年。第一次用收音机听到披头士的歌曲，好像是那首《请取悦我》，我记得自己浑身一震。为什么会这样呢？因为那是从未听到过的曲调，简直帅气极了。究竟如何美妙？我无法用语言来形容，总之是美妙得无以复加。在一年多前，我第一次从收音机里听到沙滩男孩的《冲浪美国》时，感受也大致相同："哟，这玩意儿厉害！""跟别人的截然不同嘛！"

如今想来，就是因为他们显而易见纯粹是原创的缘故。拿出别人拿不出的曲调，做别人迄今从未做过的音乐，而且品质高超、出类拔萃。他们身上有种特别的东西。这是一个哪怕十四五岁的少年，用音质贫弱的小半导体收音机（AM）收听，也瞬间就能理解的鲜明事实，是一目了然的。

然而，他们的音乐什么地方是原创，又是怎样一种原创？与其他音乐相比是何处不同、怎样不同？要条分缕析地说明这些问题却很困难。作为一介少年，这种事我绝对办不到。纵使是长大成人的今天，好歹也算当上一介职业小说家的今天，看来仍然相当困难。因为这种说明势必会非常专业，即便像这样搬出理论来谆谆教诲，只怕受教的一方也照旧一头雾水。还是直接去听他们的音乐更快捷。听了就会了然于胸吧。我以为。

不过说起披头士和沙滩男孩的音乐，自他们登上历史舞台以来，已经过去了半个世纪。当他们的音乐与时代同步的时候给我们的冲击是何等强大，由于时过境迁，现在已经不那么容易理解了。

因为在他们出现之后，受披头士和沙滩男孩影响的音乐人理所当然地大量涌现，而他们（披头士和沙滩男孩）的音乐作为"价值基本成形的东西"，早已被社会完全吸纳了。于是，如今一个十五岁的少年头一次在收音机里听到披头士和沙滩男孩的音乐，纵然受到了感动，觉得"这玩意儿真厉害呀"，也很难戏剧性地体味到这种音乐"史无前例"的地方了。

同样的事情也适用于斯特拉文斯基的《春之祭》。一九一三年这首曲子在巴黎首演时，听众跟不上那种超前的新奇感，全场哗然，场面非常混乱。那打破常规的音乐令众人愕然失色。然而随着演奏次数的增加，混乱渐渐平息，如今竟变成了音乐会上的热门曲目。现在我们在音乐会上听到这支曲子，甚至会百思不解："这音乐到底什么地方居然能引发那么大的骚动？"《春之祭》的原创性在首演时给一般听众的冲击，我们只能在大脑里凭空想象："大约是这个样子吧？"

那么自然会产生这样的疑问：原创性这东西会随着时间的流逝逐渐褪色吗？这就只能具体案例具体分析了。许多情况下，由于受到大家接纳、为大家习惯，原创性会慢慢失去当初的冲击力，但相对的，这些作品——我是说，如果内容出色，并且得到幸运惠顾——会升格为"经典"（或者说"准经典"），从而广受推崇。现代的听众听到《春之祭》，已经不会感到困惑、产生混乱了，然而仍能从中感受到超越时代的新鲜感和震撼力。这种感受作为一种重要的"reference"（参照事项），会被慢慢吸纳进人们的精神，成为音乐爱好者的基础营养，成为价值判断基准的一部分。用个极端的说法，听过《春之祭》的人与从未听过的人，在理解音乐的深度上多少会表现出差距来。虽然我们无法判定那差距究竟有多大，但其间有差距是确定无疑的。

而马勒的音乐情况稍有不同。他创作的音乐未能被同时代的人正确地理解。似乎一般人（甚至连周围的音乐家）大多把他的音乐看成"不快、丑陋、结构松散、啰里八唆"的货色。如今看来，他似乎在"解构"交响乐这种既定的形式。但当时他根本没有得到这样的理解，作品反而被评价为消极倒退的"不灵光的音乐"，受到音乐家同行的轻视。马勒多少还算被世间接纳，因为他是位非常优秀的"指挥家"。马勒死后，多数音乐作品遭到了遗忘。交响乐团不太乐意演奏他的作品，听众们也不怎么想听。只有他的弟子和为数甚少的信奉者为了让火种不致熄灭，奉若至宝地坚持演奏下来。

然而跨入二十世纪六十年代后，马勒的音乐却戏剧性地重获新生，如今竟成为演奏会上不可缺少的重要曲目。人们竞相倾听他的交响曲。这些交响曲惊心动魄，震撼心灵，猛烈地回荡在我们心里。也就是说，或许是生活在现代的我们超越了时代，发掘出了他的原创性。这种情况也时常发生。就连舒伯特那批妙不可言的钢琴奏鸣曲，在他有生之年也几乎无人问津。这些作品得以在音乐会上倾情演奏，是二十世纪后半叶的事了。

塞隆尼斯·蒙克的音乐也极富原创性。由于我们（我说的是多少对爵士乐有兴趣的人）频繁地聆听塞隆尼斯·蒙克的音乐，因此如今再听到，也不至于大惊失色。听到几个音符，无非在心里念叨一下："哦，这是蒙克的音乐。"然而他的音乐纯属原创，这一点在谁看来都一目了然。与同时代的爵士乐手演奏的音乐相比，无论音色还是结构都迥然不同。他以独特的风格演奏自己创作的旋律别具一格的音乐，打动听众的心。虽然他的音乐很长时间没得到公正的评价，却由于少数人坚持不懈地支持，久而久之，也被一般公众接受了。就这样，塞隆尼斯·蒙克的音乐现在已成为我们的音乐认知系统中不言自明，并且不可或缺的一部分。换句话说，就是成为了"经典"。

绘画和文学领域也同样如此。梵高的画，毕加索的画，起初都令人大惊失色，有时还让人产生不愉快的情绪。然而时至今日，我猜大概没有几个人看到他们的画作会心烦意乱或心情不快。大多数人看了反而会深受感动，受到积极正面的刺激，得到治愈。这并不是因为随着时间的流逝，他们的绘画失去了原创性，而是人们的感觉被那原创性同化了，将它作为"reference"自然地吸纳进了体内。

同样，无论是夏目漱石的文体还是厄内斯特·海明威的文体，如今都已成为经典，并且作为 reference 发挥着功能。夏目漱石和海明威的文体曾屡屡受到同时代人的批判，有时甚至是揶揄。对他们的风格心怀厌恶的人，那时也为数不少（其中很多是当时的文化精英）。然而直至今日，他们的文体依然作为一种标准在发挥功能。我觉得，假如他们创造出的文体不曾存在，当代日本小说和美国小说的文体只怕会变成稍有不同的模样。兴许我们可以更进一步说，漱石和海明威的文体作为一个构成部分，已然被编入日本人或美国人的精神了。

我们能轻而易举地立足过往，找出一个"纯属原创"的案例，再从当下这个时间点出发进行分析。因为几乎在所有的情况下，理当消失的东西都已然消失了，我们可以单单挑出犹存于世的东西来，安安心心地放手评价。然而，正如诸多实例揭示的那样，能感应到同时代出现的原创表现形态，并以现在进行时正当地去评价它，并不是一件简单的事。因为在同时代的人看来，它往往带有令人不快、不自然、违背常识的——有时甚至是反社会的——

形态。也可能仅仅是显得蠢头蠢脑而已。总而言之，它往往在引人惊讶之余，还引发冲击与反感。许多人本能地憎恶自己理解不了的东西，尤其对那些在既定的表现形态里浸润过久、已占有一席之地的权威人物来说，它可能成为唾弃的对象，因为搞不好它就会冲垮自己立足的地盘。

当然，披头士刚出道的时候，便在年轻人中间赢得了极大的人气，但我觉得这毋宁说是一个特例。话虽如此，披头士的音乐也不是在当时就获得了广泛支持。他们的音乐曾被认为是昙花一现的大众音乐，是价值远远低于古典音乐的东西。权威阶层的人物大多对披头士的音乐感到不快，只要一有机会，就直言不讳地表明心迹。尤其是披头士成员初期的发型和装扮——在今天看来简直难以置信——竟然成了严重的社会问题，成了大人们憎恶的对象。各地还狂热地展开了毁弃和焚烧披头士唱片的示威行动。其音乐的革新性与高品质获得公众的正当评价，反倒是后来的事了，是在他们的音乐不可撼动地"经典化"之后。

鲍勃·迪伦在二十世纪六十年代中期抛弃了单纯使用原声乐器的反民谣风格（这风格是从伍迪·格斯里、皮特·西格尔等前辈那里继承下来的），改而使用电声乐器时，也遭到许多长期以来的支持者谩骂，成了"犹大""投靠商业主义的叛徒"。可是现在，几乎不再有人批判他改用电声乐器了。依照时间序列去听他的音乐，就能理解对于鲍勃·迪伦这样一个具有自我革新力的创作者来说，那是自然而然的必经之路。然而在当时想把他的原创性禁闭在"反民谣"这个牢笼之内的（一部分）人看来，这当然是彻头彻尾的"叛变投敌"和"背信弃义"。

沙滩男孩也一样，作为当红乐队确实很有人气，可是乐队领军人物布莱恩·威尔逊却迫于必须创作原创音乐的压力，患上了精神疾病，不得不长期处于隐退状态。以至于杰作《宠物之声》之后，他那精致的音乐渐渐不再受期待"幸福的冲浪音乐"的听众欢迎了，变得越来越复杂难懂。我也是从某个时间开始对他们的音乐感到不解，与之渐行渐远。如今再重听，才恍然大悟："啊，原来是这样的走向呀。真是好音乐。"老实说，我当时可不太明白它们的妙处所在。所谓原创性，当它还活生生地移来动去的时候，是很难看清其形状的。

依照我的想法（纯粹是"我的想法"而已），要说特定的表现者"拥有原创性"，必得基本满足以下条件：

一、拥有与其他表现者迥然相异、独具特色的风格（或是曲调，或是文体，或是手法，或是色彩），必须让人看上一眼（听上一下），就能立刻明白是他的作品。

二、必须凭借一己之力对自身风格更新换代。风格要与时俱进，不断成长，不能永远停留在原地。要拥有这种自发的、内在的自我革新力。

三、其独具特色的风格必须随着时间流逝化为标准，必须吸纳到人们的精神中，成为价值判断基准的一部分，或者成为后来者丰富的引用源泉。

当然，我并不是说所有的条件都必须满足。一和三已然达到，但第二条稍嫌薄弱，可能出现这种情况；二和三完全达到，可第一条略显不足，这样的情形只怕也有可能。然而在"或多或少"的范畴内满足这三条，或许就成了"原创性"的基本条件。

这样归纳一番便明白，姑且不论第一条如何，至于二和三，"时间过程"在某种程度上成了重要因素。总之，一位表现者或其作品是否有原创性，好像"不接受时间的检验就无法正确判断"。就算有一天，一位拥有独立风格的表现者突然登场，吸引了社会大众的广泛瞩目，但如果转眼就不知所终，或者被大家厌倦抛弃，要断定他或她"是原创"就相当困难了，往往都是风靡一时就不了了之。

实际上，我曾在种种领域亲眼见过这样的人物。当时觉得耳目一新、别出心裁，让人叹为观止，但不知何时便踪影全无了，因为机缘巧合才会偶然想起："对啦，说起来，还有过那样一个人呢。"这种人大概是缺乏持续力和自我革新力吧。在谈论某种风格的资质之前，如果不能留有一定分量的实例，就"甚至成不了检验的对象"。除非将几种样本排成一列，从各种角度加以审视，否则表现者的原创性就不可能立体地浮现出来。

比如说，假定贝多芬终其一生只写出《第九交响曲》这么一部乐曲，那么贝多芬是一位怎样的作曲家呢？我们岂不是无法清晰地联想起他的形象？那曲鸿篇巨制究竟具有怎样的意义、具有何种程度的原创性？仅凭单单一部作品，终究难以把握这些问题。光是列举他的交响乐，就有从第一到第九这些"实例"大致按年代排列在我们面前，我们才可能立体地、系统地理解《第九交响曲》的伟大和那排山倒海的原创性。

一切表现者恐怕都不外如是。我也希望自己是个"具有原创性的表现者"。然而前面说过，这并非个人能决定的事情。任凭我如何大声疾呼"我的作品是原创的"，或者由评论家和媒体交口称赞某部作品"是原创"，这样的呼声都终究会被雨打风吹去。什么是原创，什么不是原创，这种判断只能交给接受作品的人们（即读者），还有"必须经历的时间"，由二者合力共裁。作家唯有倾尽全力，让作品至少可以随着年代留存下来成为"实例"。也就是说，要多积累令人信服的作品，打造有意义的分量，立体地构筑起属于自己的"作品体系"。

只不过，我的作品始终招致许多文艺批评家的嫌恶与批判，这对我而言该说是一种救赎吧，至少有救赎的可能。还曾被一位久负盛名的评论家直呼为"婚姻诈骗"，大概是"明明没什么内容，却煞有介事地坑蒙读者"的意思。小说家的工作多少类似魔术师，也许被唤作"骗子"在某种意义上是一种反讽式的赞赏。听到人家这么说，或许该喜悦地高呼"成功啦"。然而作为被说（其实是白纸黑字地印了出来，在世间广为流传）的一方，老实说并不是很愉快。魔术师可是一门规规矩矩的职业，而婚姻诈骗却是犯罪，因此我觉得这种说法还是有失礼节（也可能并非失不失礼的问题，仅仅是比喻选择得太粗率）。

文艺界固然也有给予我的作品相应评价的人士，但为数甚少，声音也小。从业界整体来看，比起"yes"来，"no"的呼声要远远大得多。哪怕我当时跳进池塘救起了一位快要淹死的老婆婆，大概也要被人家说成坏事。我半是调侃半是真心地这么想。肯定会说什么"明明就是沽名钓誉"啦，什么"老婆婆肯定会游泳"啦，等等。

最初那段时间，我对自己的作品也不怎么满意，所以老老实实地接受批评，心想"这么说来，没准的确如此呢"，不过大多是右耳进左耳出。随着岁月流逝，总算能写出在一定程度上（说到底只是在一定程度上）让自己满意的东西了，对我作品的批判之声仍未减弱。不，不如说风压似乎变得更强大了。用网球比喻的话，就好像发球时高高抛起的球被吹到球场外去了一般。

也就是说，我写的东西似乎跟写得好不好毫无关系，始终会让不少人"感到心情不快"。不能因为某种表现形态触犯了人们的神经,就说那是原创。这是理所当然的,是不是?仅仅说着"令人不快""有点不大对头",却再无下文的例子只怕更多。然而,这或许能成为原创的条件之一。每当受到别人批判时,我总是尽量向前看,努力去积极思考问题。与其只能唤起不冷不热、老生常谈式的反应,哪怕是消极的也行,只要能引出实实在在的反应,总是好事。

波兰诗人兹别格涅夫·赫伯特曾经说过:"要想抵达源泉,就必须激流勇进、逆水而上。只有垃圾才会随波逐浪、顺流而下。"真是给人勇气的格言啊。(引自罗伯特·哈里斯《箴言集》,圣殿出版社。)

我不大喜欢泛泛之论,但若是让我斗胆发表一番泛泛之论(对不起啦),在日本,如果有人做了不太寻常或与众不同的事情,就会引发诸多消极的反应——这么说大概不会有错。说好也罢说坏也罢,日本这个国度既有以和为贵(不喜风波)的文化特质,也有强烈的文化上的集权倾向。换句话说,框架容易变得僵化,权威容易以力压人。

尤其是文学,战后以来,长期使用"先锋还是后卫""右派还是左派""纯文学还是大众文学"这样的坐标轴,将作品及作家的文学地位详细地图式化。并且由大出版社(几乎集中在东京)发行的文艺杂志设定"文学"的基调,再颁给作家形形色色的文学奖(可谓是诱饵)进行追认。在这种严密的体制中,单个作家发动"叛乱"已经极其不易，因为从坐标轴中被除名，便意味着在文艺界被孤立（休想得到诱饵）。

我作为作家正式出道，是在一九七九年，那时这种坐标轴在整个业界依然稳如磐石地发挥着作用。就是说，体制的"规矩"依然强大有力。常常从编辑口中听到"这种做法没有先例""这是惯例"一类的说辞。在我原来的印象中，作家是一种可以不受制约、自由自在的职业，因此听到这些说辞，总是百思不解："这是怎么回事？"

我原本就是不喜欢争执和口角的性格（千真万确），完全没有要与这种"规矩"和"业界不成文的定律"对着干的意思。只不过我又是想法极其个人化的人，既然像这样（姑且）当上了小说家，况且人生只有这么一次，便从一开始就下定决心：反正要随心所欲，我行我素，做自己想做的事。体制按体制的来便好，而我做我自己的就行。我是经历过六十年代末所谓"叛逆时代"的一代人，"不愿被体制收编"的意识还是十分强烈的。然而同时，或者说在此之前，既然身为一个表现者（哪怕是无名小辈），重中之重也是想在精神上成为自由人。我想按照适合自己的日程表，按照自己喜欢的方式，写自己喜欢的小说。对身为作家的我来说，这是最低限度的自由。

而且，我想写什么样的小说，大概的面貌从一开始就很清晰了。"现在我还写不好，等以后有了实力，想写的其实是这样的小说"，一幅理想图景就这样在脑海里铺展开来。那意象始终悬浮在我头顶的天空中，仿佛北极星一般光芒四射。遇上什么事，只消抬头望望天空就行了。这么一来，自己眼下所处的位置、应该前进的方向就一清二楚了。假如没有这样一个定点，我只怕会迷失方向，四处碰壁。

　　基于这些体验，我想，要找到属于自己的原创文体和叙事手法，首先作为出发点，比起"给自己加上点什么"，好像"给自己减去点什么"更有必要。仔细想来，人生在世，我们似乎将太多的东西揽入了怀里。该说是信息过剩呢，还是行李太多？我们要面对的细微选择太多太多，当试图表现自我时，这些内容时不时会发生崩盘，有时还会陷入引擎熄火般的状态，导致我们动弹不得。不妨将没有必要的内容扔进垃圾箱，为信息系统消消肿，它们便能在大脑里自由地来来往往了。

　　那么，什么才是必不可缺，什么并非必有不可，甚至毫无必要，又该如何辨别呢？

　　根据我自己的经验，道理单纯至极，"做一件事的时候，你是否感到快乐"大概可以成为一个基准。如果你从事着一份自以为很重要的工作，却不能从中发现油然而生的乐趣和喜悦；如果工作时完全没有心花怒放的感觉，看来那里面就有些不对头、不调和的东西了。这种时候就必须回归初心，将妨碍乐趣与喜悦的多余部件和不自然的要素一个个抛弃掉。

不过，这种事恐怕不像口头上说说那么简单。

写了《且听风吟》，得到《群像》的新人奖时，一位高中时代的同学来到我开的小店里，说了句"那种玩意儿都行的话，我也能写出来"，就打道回府了。被老同学这么一说，我当然有点怒上心头，不过又憨厚地转念一想："说不定真像那个家伙说的，那种水平的玩意儿，只怕谁都能写出来。"我仅仅是运用简单的文字，把浮上脑际的东西唰啦唰啦记录下来罢了。艰深的词语、考究的表达、流利的文体一样也没用到，说来几乎无异于"空洞无物"。不过，后来也没听说那位老同学写出自己的小说。当然，他可能觉得"那么空洞无物的小说都能在社会上横行无阻，我也没必要写啦"，便没有动手去写。果真如此的话，也不失为一种见识。

不过事到如今再回头想想，他所说的"那种玩意儿"，对有志于当个小说家的人来说，没准反而很难写。我有这种感觉。把"可有可无"的内容逐一抛出脑海，动用"减法"使事物单纯化、简略化，也许并不像心里想想、嘴上说说那么简单。说不定因为我从一开始就对"写小说"没有执念，该说是无心插柳吧，反倒轻而易举地做到了这一点。

总而言之，那就是我的出发点。我从那可谓"空洞无物"、简单通畅的文体开始，耗时费日写出一部部作品，以自己的方式

75

点点滴滴为它注入血肉。把结构变得立体和多层，让骨骼一点点粗壮起来，然后调整姿态，将规模更大、更加复杂的故事塞进里面。与之相伴，小说的规模也慢慢地变大。前面说过，我心里有个大致的构想，"将来我要写这样的小说"。可发展过程与其说是刻意为之，倒不如说是水到渠成。事后再回首瞻望，这才发觉："咦，到头来是这样一个走向啊。"并不是从一开始就计划周全、按部就班。

如果说我的小说里有能称作原创性的东西，它大概就产生于"自由"。在二十九岁那年，我极其单纯、毫无来由地下定决心，"我要写小说"，于是写出了第一部小说。所以我既没有欲念，也没有"所谓小说非得这么写不可"之类的制约。我对如今的文艺形势全然不知，也没有（不知算不算幸事）尊敬有加、视为楷模的作家前辈，只是想写反映当时心境的小说，仅此而已。当我感受到这种坦率而强烈的冲动时，便顾不上前因后果，趴在桌子上不管不顾地写起文章来。一言以蔽之，就是"绝不逞强"。而且写作过程非常愉快，始终有种自然的感觉：我是自由的。

我想（不如说是盼望），这样一种自然而然、自由自在的感觉，就是我的小说中最根本的东西。它刚好成了动力，就像汽车的发动机。一切表现行为的根底，时时都应有丰富的自然流露的喜悦。所谓原创性，直观地说，就是有一种自然的欲求和冲动，渴望将这种自由的心情、这份不受束缚的喜悦原汁原味地传达给众人，从而带来的最终形态，而非其他。

纯粹的冲动通常是以特有的形式与风格自然地登场。它不是人为生产出来的东西。任凭头脑聪明的人如何绞尽脑汁、套用公式，也不可能巧妙地炮制出来。就算炮制出来了，只怕也难以持久。就像没有牢牢扎根于大地的植物一般，只要几天不下雨，它就会失去活力，迅速枯萎，或是在一阵大雨过后，随着土壤一道流失，不知所终。

这说到底是我个人的意见：如果你希望自由地表达什么，也许应该在脑海中尝试着视觉化。想象一下"并不追求什么的自己究竟是什么样儿"，想象一下那种自我形象，而非"自己追求的是什么"。目不转睛地盯着"自己追求的是什么"，并一味执着下去的话，故事会难以避免地变得沉重。而且在许多情况下，故事越沉重，自由便躲得越远。脚下功夫若变得迟缓，文章也会失去势头。而失去势头的文章不可能吸引人，甚至连自己也打动不了。

与之相比，"并不追求什么的自己"却像蝴蝶一般轻盈，自由自在。只要摊开手掌，放飞蝴蝶，任其自由便好。这么一来，文章也会变得舒展流畅。仔细想想，其实不需要表现自我，人们照样可以普普通通、理所当然地生存下去。尽管如此，你还是期望表现点什么。就在这"尽管如此"的自然的文脉中，我们也许会意外地看到自己的本来面目。

三十五年来，我一直在坚持写小说，却从不曾经历英语中所谓的"writer's block"，即写不出小说的低谷时期。明明想写却写不出来的情况一次都没过。这么一说，听上去好像自诩"才华横溢"，其实并不是这样。道理非常简单，因为我不想写小说，或者没有想写的激情喷涌而出的时候，就根本不写。只有在想写的时候，我才会决定"好，写吧"，提笔开工。不然，大体就做做英译日的翻译工作。翻译基本上是个技术活儿，与表现欲毫无关系，差不多可以当作一份日常工作来做，同时又是学习写文章的好方法（假如没有做翻译，我大概会找一份类似的活儿）。而且兴之所至，还会写些随笔之类。一面点点滴滴地做着这些事儿，一面装作满不在乎："就算不写小说，也不会死人的。"

不过有段时间没写小说的话，心里就会嘀咕："差不多该写小说了吧？"好似冰雪解冻，雪水蓄满了水库一般，可写的题材在体内不断积累。终于有一天按捺不住（这种情形可能是最佳案例），便伏案提笔，写起新的小说来。不会有"现在并没有写小说的心情，可是已经接下了杂志约稿，不写点东西不行"之类的情况。既然不接受约稿，也就没有截稿期，因此"写作低谷期"的痛苦也就与我无缘了。斗胆说一句，这让我精神上非常轻松。对于写作的人而言，再也没有比不想写东西时却不得不写更折磨人的事了——未必如此吗？我大概是特例吧。

回到最初的话题。提及"原创性"这个词,我脑海里浮现的是十来岁时自己的模样。在自己的房间里,我坐在小半导体收音机前,有生以来头一次听沙滩男孩(《冲浪美国》),听披头士(《请取悦我》),心灵深受震撼,暗想:"这是多么美妙的音乐啊,以前可从来没听过这样的音乐!"那音乐为我的灵魂开启了一扇崭新的窗户,从那窗口吹进前所未有的新鲜空气。那里有的,是幸福且无比自然的高昂之感。我觉得从现实的种种制约中解放出来,身体似乎都飘浮起了几厘米。这对我而言就是"原创性"应有的姿态。

不久前看《纽约时报》(2014/2/2),有篇文章提到刚刚出道时的披头士:

They produced a sound that was fresh, energetic and unmistakably their own.

(他们创作出来的乐曲新鲜,充满活力,而且毫无疑问属于他们自己。)

十分简单的表达,但作为原创性的定义或许最明白易懂。"新鲜,充满活力,而且毫无疑问属于他们自己"。

原创性是什么?很难用语言来定义,却可以描写和再现它带来的心灵状态。如果可能，我总是想通过写小说的方式，在自己身上再次展现这种"心灵状态"。因为这种心情实在是美不可言。就好比在今天这个日子里，又生出另外一个崭新的日子，就是那般心旷神怡。

如果可能的话，希望阅读我作品的读者也能体会到相同的心境。就像在人们的心灵之墙上开辟一扇新的窗户，让新鲜空气从那里吹进来一样。这就是我写小说时常常思考的事情，也是我希望做到的事情。撇开理论不谈，就只是单纯地思考着，希望着。

第五章

那么，写点什么好呢？

要成为一个小说家，您认为需要什么样的训练和习惯？在与年轻朋友互动时，常常被问到这样的问题，好像在世界各地都有这种情况。我觉得这恰好说明有很多人"想当小说家"，"想表现自我"，然而这是个很难回答的问题。至少我只能抱臂深思，沉吟不语。

因为我连自己是如何成为小说家的，都没有搞明白前因后果。我并非年纪轻轻的时候就下定决心，"将来要当个小说家"，于是为此进行特别的学习、接受培训、积累习作，按部就班地成为小说家的。就如同此前人生中的许多事情那般，很有些"忙东忙西的，一来二往之间顺理成章，就这么瓜熟蒂落"的意思，还有不少好运相助的成分。回首往事，简直令人心惊肉跳，可事实的确如此，真是无可奈何。

尽管如此，当年轻朋友们满脸认真地问我"要成为一个小说家，您认为需要什么样的训练和习惯"，我又不能随便敷衍，说

83

什么:"哎呀,这种事情我不太清楚,全都是顺其自然、水到渠成,还有运气也很重要,想一想还真是蛮吓人的。"听到这种话,只怕他们也挺为难,没准还会冷场。因此我也会严肃地对待问题,试着去思考:"那么,是怎么回事呢?"

于是我想到,想当小说家的人首先大概要多读书。这实在是老生常谈,真是不好意思。不过我觉得要写小说,这依旧是至关重要、不可或缺的训练。既然想写小说,那么小说的结构如何,就得作为肌体感觉,从基础上了解它才是。就像"要做欧姆蛋,首先得把鸡蛋敲开"一样理所当然。

尤其是青年时期,应该尽可能地多读书。优秀的小说也罢,不怎么优秀的小说也罢,甚至是极烂的小说也罢,都(丝毫)不成问题,总之多多益善,要一本本地读下去。让身体穿过更多的故事,邂逅大量的好文章,偶尔也邂逅一些不太好的文章。这才是至关重要的作业。它将成为小说家必不可缺的基础体力。趁着眼睛健康,时间有余,先把这事儿踏踏实实地做好。实际练笔写文章大概也很重要,不过从先后顺序而言,我觉得再往后排一排也来得及。

其次(恐怕先于动笔)要做的,我觉得应该是养成事无巨细,仔细观察眼前看到的事物和现象的习惯。身边来来去去的各色人物、周围起起落落的种种事情,不问三七二十一,认真仔细地加以观察,并且深思细想、反复考虑。虽说是"反复考虑",却没必要急于对事物的是非价值作出判断。要尽可能地保留结论，有意往后拖。重要的不是得出明了的结论，而是把那些来龙去脉当作素材，让它们以原汁原味的形态，历历可见地留存在脑海里。

常有人对周围的人和事爽快利索地展开分析："那个是这么回事哟。""这个是那样的。""那小子是这样的家伙。"三下五除二便得出明确的结论。这样的人（我是说，依我所见）看来不太适合当小说家，倒更适合去当评论家或媒体人，再不就是（某种）学者。适合当小说家的，是那种即便脑袋里已然冒出"那是这么回事"的结论，或者眼见就要冒出来，却驻足不前，还要再三思考的人："不对不对，稍等片刻。弄不好这只是我自以为是。"或者是："岂能这么轻易地下结论？万一前面跳出新的因素，事态说不定会发生一百八十度的大转变呢。"

看来我自己就属于这种类型。当然也有（大有）脑袋转得不够快的原因。尽管当时匆匆得出了结论，可后来一看，却发现那结论并不正确（或者说不精确、不充分），这样的苦涩经验我反复体味过许多次，因而深感羞愧，冷汗直流，绕了好多冤枉路。因此，我渐渐养成了"别急着下结论"、"尽量多花时间思考"之类的习惯。这说是与生俱来的性情，不如说是吃过很多苦头才学会的经验法则。

就这样，不论什么突发事件，我的大脑都不会朝着立刻得出结论的方向运转，而是努力将自己目睹的光景、邂逅的人物，抑或经历的事情当作一则"事例",或者说"样本",尽量原封不动地留存在记忆中。这样一来,等到以后情绪更加稳定、时间更加充裕的时候,就能从各种角度审视,仔仔细细地检验它,根据需要引导出结论。

不过就我的经验而言,迫切需要得出结论的事情,好像远比我们想象的少。我甚至觉得不管从长期还是短期来看,我们实际上并不是那么需要结论这玩意儿。所以每当读报纸或看电视新闻时,我都不禁心生疑念:"喂喂,就这样飞流直下地乱下结论,到底要干什么呀?"

总体说来,如今这世界似乎急于追求黑白分明的判断。当然,我也认为不应该什么事情都往后拖:"留待下次吧,以后再说。"恐怕有些事情必须先拿出个结论来。举两个极端的例子,"战争是开打还是不打?""核电站明天是启动还是不启动?"这样的事情,我们无论如何都必须尽快明确立场,不然很可能惹出天大的祸事。然而,这类急如星火的事态注定不那么频繁。如果从收集信息到提出结论的时间越缩越短,人人都成为新闻评论员或评论家,社会将变得刻板呆滞、缺乏宽容,甚至变成非常危险的地方。问卷调查中常常有"两者皆否"的选项,可我总在想,如果有个"眼下两者都不好说"的选项,其实也挺好。

嗯,社会归社会,姑且不问。总之,我觉得立志当小说家的人不该迅速得出结论,而应该尽量原封不动地收集和积攒素材。

要在自己身上找出大量存储这类原材料的"余地"。虽说是"尽量原封不动",但也不可能将眼前一切都原原本本地牢牢记住。我们的记忆容积有限,因此需要最低限度的工序,即信息处理之类的东西。

更多的情况下,我主动存储在记忆里的,是某个事实(某位人物、某种现象)中兴味盎然的细节。因为要巨细无遗、原模原样地记下来十分困难(不如说,就算当时记下来了,不久也会忘掉),所以我留心提取出几个单独的细节,用便于回想起来的形式留存在脑袋里。这就是我说的"最低限度的工序"。

那是怎样的细节呢?是会让人"咦?"地生出兴趣的细节。可能的话,最好是无法巧加说明的东西。如果不合道理,或者条理上有微妙的分歧,或者令人心生疑窦,甚至神秘怪异,就更无话可说了。收集这样的东西,贴上简单的标签(注明日期、场所、状态),再好好地保存在脑海里。说起来就是收藏在大脑中的私人档案柜抽屉里。当然也可以准备一个专用笔记本,记在上面。而我喜欢直接记在大脑中。因为拿着笔记本走来走去的有些麻烦,而且一旦形成文字,往往便心安理得地抛到脑后。将各种东西一股脑儿扔进脑海里,该消失的消失,该留下的留下。我喜欢这种记忆的自然淘汰。

有一个故事我很喜欢。诗人保尔·瓦莱里采访阿尔伯特·爱因斯坦时,问道:"您会不会随身携带一个记录灵感的笔记本?"

爱因斯坦表面上非常平静,内心却十分惊讶,答道:"哦,没那个必要,因为灵感是难得一遇的事儿。"

的确,听他这么一说,我觉得自己也一样,很少遇到感叹"此刻手头有个笔记本该多好"的情况。而且,真正重要的事情一旦放进脑海里,是不可能那么轻易就遗忘的。

总而言之,写小说时至为珍贵的,就是这些取之不尽的细节宝藏。从我的经验来看,聪明简洁的判断和逻辑缜密的结论对写小说的人起不了作用,反倒是拖后腿、阻碍故事发展的情形多一点。然而,如果将保管在大脑档案柜里的形形色色未经整理的细节,根据需要原汁原味地编排进小说中去,连自己都会觉得震惊,故事竟变得自然而然、栩栩如生起来。

比如说是什么样子呢?

哎,一时想不出好例子来,但比如说,就像这个……你熟识的人里边,有人不知何故一生气就打喷嚏,一旦开始打喷嚏,就怎么也停不下来。我的熟人中并没有这样的人,但假定你的熟人中有。看到这样的人,你也许会想:"为什么呢?为什么一生气就要打喷嚏?"接着就运用生物学或心理学知识进行分析推测、设立假说。这当然也是一种处理方式,但我一般不这样思考问题。按我的大脑工作方式,往往是感叹一句"咦,还有这样的人",便到此为止了。"不知是什么缘故,不过,世上也有这样的事啊。"

于是砰的一下,将这件事"一股脑儿"记下来。我大脑的抽屉里收集了许多这般毫无脉络的记忆。

詹姆斯·乔伊斯曾经非常简洁地断言:"所谓想象力就是记忆。"此言极是,我完全认同詹姆斯·乔伊斯的观点。想象力千真万确就是缺乏脉络的记忆片段的结合体。这种说法在语义上似乎有些矛盾,"被巧妙组合起来的毫无脉络的记忆"会具备自己的直觉,具有预见性。它才应该成为故事正确的动力。

总之,我们的(至少是我的)脑袋里配备着这样的大型档案柜。一个个抽屉中塞满了形形色色作为信息的记忆。既有大抽屉,也有小抽屉,其中还有内设暗斗的抽屉。我一边写小说,一边根据需要拉开相应的抽屉,取出里面的素材,用作故事的一部分。档案柜里反正有数量庞大的抽屉,当我集中精力写小说时,哪里的哪一个抽屉中装着哪些东西,相关印象就会自动浮现在脑海里,眨眼间就能无意识地找到它的所在。平时忘却的记忆会自然而然地复苏。大脑进入这种畅通无阻的状态,是一件非常心旷神怡的事。换句话说,就是想象力游离了我的意志,开始立体地呈现出自由自在的行动。不用说,对身为小说家的我来说,收藏在脑内档案柜里的信息是任何东西都无法取代的丰富资产。

史蒂文·索德伯格导演的电影《卡夫卡》(一九九一年)中有一个场景,杰瑞米·艾恩斯扮演的弗朗茨·卡夫卡潜入了一座阴森可怖的城堡,里面排列着数量庞大的带抽屉的档案柜(当然是以那部《城堡》为原型)。记得看到这个场景,我忽然想到:"咦,这光景与我脑内的构造没准有相似之处呢。"那是一部意味深长的电影,诸位有机会看的话,请留意这个场景。我的脑袋里面虽然没有那么阴森可怖,但基本结构说不定有些相似。

作为一个作家,我不光写小说,还写一些随笔之类的东西。写小说的时期,会规定好除非有逼不得已的缘由,决不写小说以外的文字。因为倘若写起随笔,势必会应需要拉开某个抽屉,将其中的记忆信息用作素材。这么一来,写小说时再想用它,就会出现在别处已然用过的情况。比如说:"哎呀,说起来,有人一生气就会大打喷嚏这个素材,我上次在周刊杂志的随笔连载里写过了呀。"当然,同一种素材在随笔与小说中连续出现两次也无不可,只是一旦出现这种内容撞车,小说好像就会莫名其妙地变得单薄。总之一句话,在写小说那段时期,最好保证所有的档案柜都为写小说所用。不知什么时候需要什么东西,所以尽量节省着用。这是我从长年写小说的经验中得来的智慧。

小说写作告一段落后,会发现有些抽屉一次也没打开过,剩下很多没派上用场的素材,我会利用这些东西(说起来就是剩余物资)写出一批随笔。不过对我来说,随笔这东西就好比啤酒公司出品的罐装乌龙茶,算是副业。真正美味的素材总是要留给下一本小说(我的正业)。这样的素材积累得多了,"啊啊,想写小说啦"的心情好像就会自然而然地涌上心头,所以必须好好珍藏。

又要说到电影了——斯蒂芬·斯皮尔伯格的《E.T.》里有一个场景,E.T.将储物间的杂物收集起来,拼凑成一个临时通信装置。诸位还记得吗?像什么雨伞啦、台灯啦、餐具啦、电唱机之类。我是很久以前看的,详细情节已经忘了,只记得他用现成的居家用品随意拼组,三下两下就大功告成了。虽说是临时装置,却能和相距几千光年的母星取得联系,是一台正宗的通信机。坐在电影院里看到那个场景,我钦佩不已。一部好小说肯定也是这样完成的。材料本身的品质没那么重要。至关重要、必不可缺的是"魔法"。哪怕只有朴素的日常材料,哪怕只用简单平易的词语,只要有魔法,我们就能用那样的东西制造出举世震惊的完美装置。

然而不管怎样,我们每个人都要有属于自己的"储物间"。再怎么使用魔法,毕竟巧妇难为无米之炊,没法无中生有。当E.T.突然跑过来,对你说:"抱歉,能不能把你家储物间里的东西借我用用?"你就要有常备的"杂物"库存,才能唰的一下拉开门给他瞧瞧:"当然可以,不管是什么东西,尽管用好啦。"

我第一次打算写小说时,对到底该写什么东西好,心中完全没有想法。我既不像祖辈那样经历过战争,又不像上一代那样体验过战后的混乱与饥饿,更没有革命的经验(倒是有类似革命的体验,可那并非我想叙述的东西),也不记得遭遇过惨烈的虐待与歧视。我住在相对安定的郊外住宅区，在一个普通上班族家庭长大，没有什么不满和不足，算不上格外幸福，但也没有特别不幸（大概算比较幸福吧），度过了平凡又毫无特点的少年时代。学习成绩虽然不太起眼，但也不至于太糟糕。把四周都看了一遍，也没找到"这个非写不可"的东西。倒不是缺少想写点什么的表达欲，只是没有想写一写的充实的材料。就这样，在迎来二十九岁之前，我想都没想过自己竟会写起小说来。没有可写的素材，更没有在缺少素材的情况下创造出什么的才华。我一直以为小说这东西仅仅是阅读对象，所以虽然读了很多小说，却很难想象自己会去写小说。

这种状况对今天的年轻一代来说也大致相同。或者说，与我们的年轻时代相比，"可写的东西"说不定变得更少了。那么，这种时候该怎么办才好？

这个嘛，就只能按照"E.T.方式"去办了，此外别无他法。打开后院的储物间，将里面现成的东西——哪怕触目皆是一文不值、形同废物的东西——不问青红皂白，先抓出几件来，再努力砰的一下施展魔法。除此之外，我们没有其他手段去跟别的行星建立联系。总之，我们只能凭借手头现有的东西，全力以赴坚持到底。不过，假如你能做到这一点，就握住了巨大的可能性。那就是你会施展魔法这个妙不可言的事实。（没错，你会写小说，就说明你能与居住在别的行星上的人们建立联系，真的！）

我准备写第一本小说《且听风吟》时，就曾痛感："这个嘛，岂不是只好写没有任何东西可写的事了。"或者说，只能把"没有任何东西可写"反过来当作武器，从这一境地出发将小说写下去。如果不这么做，便没有方法与走在前头的作家抗衡了。总之，就是利用手头现成的东西把故事构建起来。

为此就需要新的语言和新的文体。必须创造出迄今为止的作家都不曾用过的载体，即语言和文体。什么战争啦革命啦饥饿啦，如果不去写（不能写）这类沉重的话题，就必然要面对相对轻松的素材，于是轻盈灵活、机动性强的载体就必不可缺了。

经历了许多次错误的尝试后（关于这错误的尝试，我在第二章已经写过），我终于成功地摸索出还算耐用的日语文体。虽然是尚不完美的应急品，破绽百出，但这毕竟是有生以来第一次写下的小说，也是无可奈何。缺点嘛，以后——如果有以后的话——再一点点地修正就好。

在这里，我留心的首先是"不作说明"这一点。重要的是将零零星星的小插曲、意象、场面、语言等，不断地扔进小说这个容器里，再将它们立体地组合起来。而且要在与世间通用的逻辑、文坛常用的手法毫无关联的地方进行。这就是基本的框架。

在推进这种作业时，音乐发挥了最大的作用。我采用与演奏音乐相同的要领去写文章。主要是爵士乐大有用武之地。众所周知，爵士乐至关重要的是节奏。必须始终保持准确坚实的节奏，否则就不会有听众追捧。其次还有chord（和弦），叫它和声也无妨。美丽的和弦、混浊的和弦、衍生性的和弦、省去根音的和弦。巴德·鲍威尔的和弦、塞隆尼斯·蒙克的和弦、比尔·埃文斯的和弦、赫伯特·汉考克的和弦。和弦有各种各样。大家分明都使用同样的八十八键钢琴演奏，和弦的乐响却因人而异，竟能变幻出如此之多的差异来，不免令人震惊。这给了我们重要的启示：就算只能用有限的素材去构建故事，仍然会存在无限（或者说接近无限）的可能性。绝不会因为只有八十八个键，就无法用钢琴弹出新东西来了。

最后到来的是free improvisation，即自由的即兴演奏。这是构成爵士乐的主干。在坚实牢固的节奏与和弦（或者和声结构）之上，自由地编织音乐。

我不会演奏乐器，至少不足以演奏给旁人听，但是想演奏音乐的心情却十分强烈。既然如此，干脆就像演奏音乐那样写文章便好，这就是我最初的想法。这种心情至今依然没有改变。像这样敲击着键盘的同时，我总是从中寻觅准确的节奏，探寻相称的乐响与音色。这对于我的文章来说，已经成为不变的重要因素。

我（基于自身的经验）觉得，从"没有任何东西可写"的境地出发，到引擎发动起来之前会相当艰难，不过一旦载体获得了驱动力开始向前行驶，之后反倒会变得轻松。因为所谓"手头没有东西可写"，换句话说就意味着"可以自由地写任何东西"。纵使你手里拿着的素材是"轻量级"，而且数量有限，但只要掌握了组合方式的魔法，无论多少故事都能构建起来。假如你熟悉了这项作业的手法，并且没有丧失健全的野心，你就能由此出发，构筑出令人震惊的"沉重而深刻的东西"。

与之相比，从一开始就提着沉重的素材出发的作家们——当然并非所有人都是这样——到了某一刻，往往容易出现"不堪重负"的倾向。比如说从描写战争体验出发的作家们，从不同角度写了多部关于战争的作品后，多少会陷入原地徘徊的状态："接下去写什么好呢？"这种情况似乎很常见。当然，也有人干脆转变方向，抓住了新的主题，在作家之路上又获得了成长。遗憾的是也有些作家没能成功转型，渐渐丧失了力量。

厄内斯特·海明威无疑是二十世纪最有影响力的作家之一，然而其作品"以初期为佳"的观点几乎已成为世间定论。我也最喜欢他头两部长篇小说《太阳照常升起》和《永别了，武器》，以及有尼克·亚当斯登场的早期短篇小说。书中恢宏的气势让人喘不过气来。然而到了后期的作品，好固然是好的，但小说潜在的力量却有所削弱，字里行间似乎感受不到从前那种新鲜了。我揣测，这大概是因为海明威毕竟是那种从素材中汲取力量的作家。恐怕正因如此，他才主动投身战争（第一次世界大战、西班牙内战、第二次世界大战），去非洲狩猎，满世界去钓鱼，沉湎于斗牛，一直过着这样的生活。大概是经常需要外部刺激的缘故吧。这样的生活固然可以成为一种传说，但是随着年龄增长，体验赋予他的活力还是会渐渐减弱。所以（是否如此，当然只有他本人才知道），海明威虽然获得了诺贝尔文学奖（一九五四年），却沉溺于饮酒，一九六一年在声望达到顶峰之际结束了自己的生命。

与之相比，不依赖素材的分量，从自己的内在出发编织故事的作家，说不定反而更轻松些。因为只要将周围自然发生的事件、每日目睹的情景、平常生活中邂逅的人物作为素材收纳在心里，再驱使想象力，以这些素材为基础构建属于自己的故事就行了。对了，这就是类似"自然再生能源"的东西。既没有必要特意投身战场，也没有必要去体验斗牛、射杀猎豹或美洲豹。

希望大家不要误解，我不是说战争、斗牛和狩猎的经历没有意义。那当然有意义。无论什么事情，经历一番对作家来说都是极其重要的。我只是想表达一句个人见解：即便没有这种威猛张扬的经历，人们其实也能写出小说来。不管多么微不足道的经历，只要方法得当，就能从中发掘出令世人震惊的力量。

有句话叫作"木沉石浮"，指一般不可能发生的事竟然发生了。不过在小说世界里，或者说艺术世界里，这种逆转现象却屡屡在现实中发生。在社会上通常被视为轻微的事物，随着时间的流逝却能获得不可忽视的分量；而一般被看重的事物，不知不觉中却会失去分量，化作形骸。那叫作持续创造性的肉眼看不见的力量，得力于时间的帮助，会带来这种剧烈的逆转。

因此，觉得"自己手头没有写小说的素材"的人，也不必灰心丧气。只要稍稍变换一下视角、转换一下思维，肯定会发现素材在身边简直比比皆是。它们正等待着你去发现、撷取和使用。人的行为哪怕一见之下多么微不足道，也会自然而然地生出这些兴味盎然的东西。此间至关重要的（似有重复之嫌），就是"不失健全的野心"。这才是关键。

我一贯主张，一代人与另一代人并没有优劣之分。大抵不会出现某一代人比另一代优秀或低劣的情况。社会上常常有人展开千篇一律的代际批判，但我坚信这种东西都是毫无意义的空论。每代人之间既没有优劣之分，也没有高下之别。虽然在倾向和方向性上会有些差异，但质量是毫无差别的，或者说并没有值得视为问题的差异。

说得具体点，比如今天的年轻一代在汉字读写方面或许不如前辈（我不太清楚事实如何），但在计算机语言的理解和处理能力上无疑要胜过他们。我想说的就是这样的事。人们彼此都有擅长的领域，也有不擅长的领域，仅此而已。那么，每一代人从事创造时，只要在各自"擅长的领域"努力向前推进就行了。运用最得心应手的语言，把最清晰地映入眼帘的东西记述下来就好。既不必对不同世代的人心生自卑，也不必莫名其妙地感到优越。

我三十五年前开始写小说，那时候常常受到前辈们严厉的批判："这种玩意儿不是小说。""这种东西不能叫文学。"这样的状况不免令人觉得沉重（或者说郁闷），于是我有很长一段时期离开了日本，到外国生活，在没有杂音的安静之地随心所欲地写小说。不过在此期间，我也根本不认为自己错了，也没有感到不安。索性心一横："实际上我只能写这些，难道不是只能这么去写？有什么不对？"眼下的确还不够完美，可总有一天我能写出像样的优秀作品来。到了那个时候，我坚信时代也会完成蜕变，证明我做的并没有错。这话好像有点恬不知耻嘛。

这件事有没有在现实中得到证明？此刻举目四望、环顾八方，我仍然不太清楚。究竟会怎样呢？也许在文学上，永远不会有什么东西能得到证明。这个暂且不提，无论是三十五年前还是如今，我都相信自己的所作所为基本没有错，这种信念几乎不曾动摇过。再过三十五年，也许会产生新的状况。可是想亲眼目睹最终结局，从我的年龄来看似乎有点困难。请哪位代劳帮我看看吧。

在这里，我想说的是，新一代人自有新一代人的小说素材，应该从那素材的形状和分量逆向推算，设定它的载体的形状和功能。再从那素材与载体的相关性、从那接触面的状况，来产生小说的现实感。

不论哪个时代，哪一代人，都各自拥有固有的现实。尽管如此，我觉得对小说家而言，仔细收集和积攒故事需要的素材仍然极其重要，这个事实恐怕到任何时代都不会改变。

假如你立志写小说，就请细心环顾四周——这就是我这篇闲话的结论。世界看似无聊，其实布满了许许多多魅力四射、谜团一般的原石。所谓小说家就是独具慧眼、能够发现这些原石的人。而且还有一件妙不可言的事，这些原石基本都是免费的。只要你拥有一双慧眼，就可以随意挑选、随意挖掘这些宝贵的原石。

如此美妙的职业，您不觉得没有第二个了吗？

第六章

与时间成为朋友——写长篇小说

在这大约三十五年间，我算是以职业作家的身份活动着，其间写过各种形式、各种篇幅的小说。有长到不得不分册发行的长篇小说（如《1Q84》），一册便能收录全文的中篇小说（如《天黑以后》），还有一般所谓的短篇小说，以及篇幅极短的短篇（微型）小说，等等。用舰队来比喻的话，就是从巡洋舰、驱逐舰到潜水艇，各种船舰一应俱全（当然，我的小说里没有攻击性的意图）。不同的船舰有不同的功能和作用，而且部署的位置在整体上能巧妙地互为补充。应该采用多长的形式来写小说，则取决于当时的心情，并非遵循轮转周期有规律地循环，而是随心所欲，或者说完全顺其自然。"差不多该写个长篇了吧"或者"又想写短篇啦"，根据每时每刻的心思波动，顺应内心要求，自由地选择容器。在选择时，我很少犹豫不决，而是能清晰地作出判断："这次就是这个啦！"倘若是写短篇小说的时期到来了，便不会三心二意，只管专心地写短篇小说。

不过说到底，我基本上认为自己是个"长篇小说作家"。虽然也爱写短篇小说和中篇小说，写起来当然会忘乎所以，对写成的作品也满怀爱怜之情，但长篇小说才是我的主战场，我身为作家的特质和风格在这里最明确无误地——恐怕还是以最佳形态——得到了展现（即使有人认为并非如此，我也毫无反驳的打算）。我原本就是长跑者的体质，因此要巧妙地让林林总总的事物综合而立体地运动起来，就势必需要一定体量的时间与距离。要做真正想做的事情时，就像飞机一样，需要长长的跑道。

短篇小说这东西，能用来弥补长篇小说无法完全捕捉的细节，是敏捷而灵活的载体，可以在文字表现方式和情节上进行各种大胆的实验，还可以尝试唯有短篇形式才能处理的素材。而且（运气好的话）也可以把我心中形形色色的侧面，就像拿细纱网去捞取微妙的影子一般，原模原样地迅速形象化。写短篇小说也不必花费太多的时间。一旦来了兴致，完全有可能不作准备便一气呵成，几天内顺顺当当地完工。有的时期，我特别需要这种身轻如燕、灵活多变的形式。然而——这说到底是附带"对我来说"这个条件的发言——短篇小说这种形式却没有足够的空间，让我随心所欲地将自己身上的东西倾注其中。

要写一部对自己有重要意义的小说时，换言之就是要开始写一个"或许能让自己产生变革的综合故事"时，我需要一个能不受约束地自由使用的广阔空间。首先要确保足够的空间，再看准自己体内已经积蓄了足够填满那个空间的能量，说来便是把水龙头开大开足，着手启动漫长的工作。这时候体味到的充实感是任何东西都难以取代的。这是动手写长篇小说时才有的别样的心情。

这么一想，不妨说长篇小说对我而言是生命线，而短篇小说和中篇小说，说得极端一点，则是为写长篇小说作准备的重要练习场，是一个行之有效的台阶。这或许就像一个长跑选手在一万米和五千米这些径赛项目中也能获得不错的成绩，但重心终归还是放在全程马拉松上。

有鉴于此，这回我想谈一谈长篇小说的写作。换句话说，就是想以长篇小说写作为例，来具体谈谈我是用什么方法写小说的。当然，虽然都叫长篇小说，每部小说的内容却不一样。同样的，写作方法呀、工作场所呀、所需时间等也各各相异。尽管如此，基本顺序和规则之类（说到底，这只是我自己的印象）却几乎没有变化。对我来说，不妨把它称作"照常营业行为"（business as usual）。或者说是把自己逼进这种固定模式里，建立生活与工作的循环周期，才有可能创作长篇小说。因为这漫长的工作对能量的需求大得异乎寻常，必须先牢牢固守自己的态势。不这么做，说不定就会因为实力不足导致半途而废。

写长篇小说时，我首先（打个比方）把书桌上的东西收拾得干干净净，摆好"除了小说什么都不写"的架势。如果这时候在写随笔连载的话，我会暂时停笔不写。而临时添加进来的工作，除非万不得已一律不接受。因为我天生就是这样的性格，一旦认真做起某项工作来，便无法分心旁骛。虽然我常常按照自己喜欢的节奏，齐头并进地做些没有截稿日期的翻译之类，但这与其说是为了生活，不如说是为了换换心情。翻译基本上是技术活儿，和写小说使用的大脑部位不同，不会成为小说写作的负担。与肌肉伸展运动一样，搭配着进行这样的工作，也许更有助于平衡大脑活动。

"你说得倒轻松。可为了生活，不是也得接下其他的零工碎活吗？"也许有同行会这么问。写长篇小说期间该如何维持生计？这里说到底只是谈论我自己采用至今的方法。本来只需向出版社支取预付版税就万事大吉了，可是在日本并没有这种制度，写长篇小说期间的生活费说不定无从筹措。只不过，如果允许我谈谈自己的情况，从我的书还不大卖得出去的时候起，我就一直用这个方法写长篇小说。为了赚取生活费，我做过与写作毫不相干的其他工作（近乎体力劳动），但原则上不接受约稿。除了作家生涯之初的少数例外（因为当时还没有确立自己的写作风格，有过几次错误的尝试），基本上在写小说时，我就只写小说。

从某个时期开始，我在国外执笔写小说的情况多了起来。因为人在日本，就避免不了杂事（或杂音）纷纷来扰。去了国外，就不必牵挂多余的闲事，可以集中心思写作。尤其在我刚刚起笔那段时日——相当于把写长篇小说需要的生活模式固定下来的重大时期——好像还是离开日本更好。我第一次离开日本是在八十年代后半期,当时也有过迷惘:"这么干,当真能活下来吗?"心里惴惴不安。我算是相当厚脸皮的人了,可毕竟需要背水一战、破釜沉舟的决心。尽管谈妥了写旅行记的稿约,好说歹说向出版社要来了一些预付版税(后来成了《远方的鼓声》那本书),但基本上得靠着存款生活,坐吃山空。

不过毅然打定主意追求新的可能性,在我这里似乎产生了良好的结果。逗留欧洲期间写出的小说《挪威的森林》碰巧(出乎意料地)卖得很好,生活总算安定下来,一个类似为长期坚持写小说而设的个人系统初现雏形。在这层意义上,我感到颇为幸运。然而(这话说出口,保不准会有人觉得傲慢),事物发展绝非仅靠运气。其中毕竟也有我的决心和义无反顾。

写长篇小说时,我规定自己一天写出十页稿纸,每页四百字。用我的苹果电脑来说,大概是两屏半的文字,不过还是按照从前的习惯,以四百字一页计算。即使心里还想继续写下去,也照样在十页左右打住;哪怕觉得今天提不起劲儿来,也要鼓足精神写满十页。因为做一项长期工作时,规律性有极大的意义。写得顺手时趁势拼命多写,写得不顺手时就搁笔不写,这样是产生不了规律性的。因此我就像打考勤卡那样,每天基本上不多不少,就写十页。

这哪里是艺术家的做法！这样一来，不就和工厂车间一个样儿了吗？也许有人会这么说。是呀，也许这的确不是艺术家的做法。可是，小说家干吗非得是艺术家不可呢？这到底是什么人在什么时候规定的？没有人规定过，对不对？我们只管按照自己喜欢的方法写小说就行。首先，只要认定"不必非得是个艺术家"，心情就会猛然轻松许多。所谓小说家，在成为艺术家之前，必须是自由人。在自己喜欢的时间，按照自己喜欢的方式，去做自己喜欢的事情，对我而言这便是自由人的定义。与其做个不得不在乎世人的眼光、穿一身不自在的礼服的艺术家，还不如做个普普通通、随处可见的自由人。

伊萨克·迪内森说过："我既没有希望也没有绝望，每天写上一点点。"与之相同，我每天写十页原稿，非常淡然。"既没有希望也没有绝望"，实在说得妙极了。早晨起床后，沏好咖啡，伏案工作四五个小时。一天写上十页，一个月便能写三百页。单纯地一算，半年就能写出一千八百页。举个具体的例子，《海边的卡夫卡》的第一稿就是一千八百页。这部小说主要是在夏威夷考爱岛的北岸写的。那儿真是个一无所有的地方，再加上常常下雨，工作得以顺利进展。四月初动笔，十月里便收笔完稿了。我还清楚地记得是在职业棒球联赛开幕时起笔，到全日本统一冠军总决赛开始时写完。那一年在野村总教练的率领下，养乐多燕子队最终夺冠。我多年来一直是养乐多的球迷,养乐多夺冠,小说也终于完稿,心情颇有些喜不自禁。只是大部分时间一直待在考爱岛,常规赛季里没怎么去神宫球场,是一件憾事。

然而长篇小说的写作不像棒球,一旦写完,又有别的赛事开场了。如果让我来说的话,那么,从这里开始才是值得费时耗日、津津有味的部分。

第一稿完成后,稍微放上一段时间,小作休整(视情况而定,不过一般会休息一周左右),便进入第一轮修改。我总是从头做一次彻底的改写,进行尺度相当大的整体加工。不管一部小说有多么长,结构有多么复杂,我从来都不会先制订写作计划,而是对展开和结局一无所知,信马由缰,想到哪儿写到哪儿,让故事即兴推演下去。这样写起来当然要有趣得多。不过使用这种方法写作,可能导致许多地方前后矛盾、不合情理。登场人物的形象和性格还可能在半道上突生骤变,时间设定也可能出现前后颠倒。得将这些矛盾的地方逐一化解,改成一个合情合理、前后连贯的故事。有很大一部分要完全删除,另有一些部分要进行扩充,再时不时地添加一些新的小插曲。

写《奇鸟行状录》时,我断定"这个部分从整体上来看不太协调",将好几个章节整章整章地删除了,后来又以那删除的部分为基础,另外鼓捣出一部全新的小说来(《国境以南,太阳以西》)。像这样的事儿也曾有过，算是颇为极端的例子，大多数时候删除的部分就此消失，再无踪影了。

这轮修改可能需要一到两个月。这个流程结束后，我会再搁置一周，然后进行第二轮修改。这一次也是大刀阔斧地从头改写，只不过更加着眼于细节，仔细地修改。比如加入一些细致的风景描写，整合会话的语气。检查有没有与情节发展不相吻合的地方，将一读之下不易理解的部分改写得易于理解，让故事的展开更加畅达自然。这不是大手术，而是微小手术的积累。这轮工作结束后，再稍事休整，然后着手下一轮修改。这次与其说是手术，不如说更接近于修正。在这一阶段，重要的是看准小说的展开中有哪些部分的螺丝需要牢牢拧紧，哪些部分的螺丝应当稍稍拧松一些。

长篇小说名副其实，就是"篇幅很长的故事"，如果把每一个部位的螺丝都拧得紧绷绷的，读者会喘不过气来。时不时在某些地方让文章松弛下来也很重要。这就需要看清其间的诀窍，调节好整体与细节之间的平衡，从这一观点出发对文章作细微的调整。往往有评论家抽出长篇小说中的一小节来，批判道："文章不能写得如此粗枝大叶。"但让我来说，这不是公平的做法。因为长篇小说这东西就像活生生的人一样，在某种程度上，粗枝大叶、松松垮垮的部分也是必不可缺的。正因为有了这些东西，拧得紧绷绷的部分才能发挥出正面效果。

大致在这里，我会给自己放个长假。可能的话，把作品在抽屉里放上半个月到一个月，甚至忘掉还有这么个东西存在，或者说努力忘掉它。其间我或去旅行，或集中做些翻译。写长篇小说时，工作时间固然非常重要，但什么都不做的时间也同样有重要的意义。在工厂的生产流程中或建筑工地上，都有一道工序叫作"养护"，就是将产品或素材"窖藏"一段时间。只是安安静静地放在那儿，让空气穿流而过，或是让其内部牢牢地凝固。小说也一样，不好好"养护"，就会出现没有干透的易碎品或内部组织不均匀的东西。

像这样将作品好好养护一番之后，再次开始彻底修改细微的部分。好好养护过的作品会给我与先前大不相同的印象。先前未能发现的缺点，这时也清清楚楚地显现出来。文章有没有深度也可以辨别了。和作品得到了"养护"一样，我的大脑也得到了很好的"养护"。

既已充分养护，又作了某种程度的改写。到了这一阶段，具有重大意义的就是第三者的意见了。以我的情况，当作品在一定程度上成形后，会先让我太太通读原稿。这是我当上作家以后，从最初阶段延续至今的做法。她的意见对我而言就像音乐的"基准音"和我家里的旧音箱（失礼了）一样。我所有的音乐都是用这套音箱听的。音箱并不算特别出色，二十世纪七十年代买的

JBL设备，块头倒是挺大，但与现在最新的高级音箱相比，发出来的声音音域有限，音层的分离难说有多好。可以说有点古董的感觉。不过迄今为止，所有的音乐都是用这套音响听的，从这音箱里发出来的声音，对我来说就是音源再现的基准。它已经浸透了我的全身。

这话说出来，可能有人会义愤填膺：出版社的编辑在日本虽说是专业技术人员，其实不过是工薪阶层，各自隶属于不同的公司，不知何时就会被调任他职。固然也有例外，但大多由上司指定"你负责这个作家"，便成了责任编辑，无从预测能亲近到哪一步。在这一点上，不论好坏，妻子是不会调任他职的。我说的"观测定点"就是这个意思。因为相处多年，所以大概能领会其中的微妙含义："这个人有此感想，其实是这么个意思，来源于这个地方。"（我说大概，是因为从理论上来说，也不可能理解妻子的一切。）

然而，若问我是否囫囵吞枣，人家说什么我都全部接受，其实也未必。毕竟我刚呕心沥血地写完一部长篇小说，虽说经过养护多少冷却下来，但脑袋里还充满热血呢，一听到批判的话，不免就怒上心头，还会感情用事，甚至可能发生激烈的争吵。编辑毕竟是外人，不可能当面恶语相加，因此这方面或许可以说是家人的有利之处。我在现实生活中并不是容易感情用事的人，但在这个阶段，有时不得不在某种程度上感情用事起来。或许，有时候也需要向外宣泄一下感情。

她的批评，有些让我觉得"的确如此""说不定还真是这样"。有时候要花上几天才能达成这样的认识。也有些让我觉得"不对，岂有此理，还是我的想法才对"。不过在这样"引进第三者"的过程中，我有一条独门规则，那就是"人家有所挑剔的地方，无论如何一定要修改"。即便不能接受那种批判，但只要人家提出了意见，我就会把那个地方从头改写一遍。不同意那意见时，我甚至还往与对方的忠告完全相反的方向改写。

方向姑且不论，定下心来修改的那几处，再试着重读一遍，差不多每次都发现改得好过从前。我觉得，读过的人对某个部分提出什么意见时，且不管那意见的方向如何，那个部分往往当真隐含着某些问题。就是说，小说那一处的情节发展多少有些疙疙瘩瘩，而我的工作就是要除去那些疙疙瘩瘩的地方。至于用什么方法去除，则由作家自行决定。就算心想"这里写得很完美呀，没必要改动"，也要默默在桌前坐下，无论如何做些修改。因为文章"写得很完美"这种事，实际上绝无可能。

这次的修改不必从头开始循序推进，而是针对有问题和受到批评的部分集中修改。然后请她将改过的部分重看一遍，重新讨论，如有必要再作修改。之后再请她重读，如果仍然有不满之处，再进一步修改。这样大致完成后，再从头修改，加以调整，确认整体的情节展开。如果对种种地方作了细微改动，导致整体的基调出现紊乱的话，便进行修正，此后才正式将稿件交给编辑审读。到了这个时间，大脑的过热状态已经得到一定的消解，也能冷静客观地应对编辑的反应了。

有一件好玩的旧事。那是上世纪八十年代末期，我写《舞！舞！舞！》那部长篇小说时的事。这部小说是我头一回用文字处理机（富士通的便携式）写出来的。绝大部分内容都是在罗马的寓所完成，唯独最后那部分写于移居伦敦之后。我将写好的原稿储存到软盘里，带着它前往伦敦，可在伦敦安定下来之后，打开一看，竟有整整一章消失不见了。我当时还没用惯文字处理机，可能是操作失误吧。呃呃，这是常有的事儿。我当然沮丧万分，受到巨大的打击。因为那一章的篇幅很长，而且是"连自己都认为写得很成功"、引以为豪的一章，无法简简单单地说上一句"呃，这是常有的事儿"就认命了。

然而也不能一直唉声叹气、摇头唏嘘。我重新打起精神，一面苦苦回忆："嗯，好像是这个样子的。"努力再现几个星期前煞费苦心写出来的文章，总算让它重新复活了。可是万万没想到，等到这部小说成书发行后，下落不明的那一章竟又飘然现身了，原来是混入了意想不到的文件夹里。这也是常有的事啊。于是我心想："哎呀，糟糕，要是这一版写得更好该怎么办？"提心吊胆地重读了一遍，先说结论：后来改写的版本显然出色得多。

在这里，我想说的是：不论什么文章，必然都有改进的余地。不管作者如何认为"写得真好""完美无缺"，其中也有变得更好的余地。所以我在修改阶段会尽量抛却自豪感和自尊心，让脑袋里的热度适当冷却下来。只是热度降得过低，修改工作就无法进行了，这方面必须注意。而且要摆好足以抵御外来批判的态势。人家说些没趣的闲话，也要尽量忍耐，默默吞进肚子里去。作品出版后，面对批评要不为所动，随便当作耳旁风即可。这种东西要是一一放在心上的话，身体会吃不消的——真的。不过在写作过程中，对于来自身边的批评和忠告，必须虚心谦逊地洗耳恭听。这是我长期以来的一贯主张。

我已经作为小说家工作了很久，老实说，有的责任编辑也让我感到"有点合不来"。为人倒是不坏，对其他作家来说没准是位好编辑，只是作为我的责任编辑好像不太投缘。从这样的人口中说出的意见，令我心生疑窦的情况居多，有时（老实说）还会触犯我的神经，甚至让我光火。不过彼此都是为了工作，所以只能巧妙地敷衍过去。

有一次在写长篇小说时，我在初稿阶段就把有点"合不来"的编辑提出意见的地方统统作了修改。但其中一大半都与这个人的意见正相反，比如他说"这里写得长点好"，我就把那部分缩短点，他说"这里写得短点好"，我就把那部分加长点。如今回想起来颇有些粗暴，但尽管粗暴，就结果而言那次修改却很成功。

那位编辑对我来说反而成了一位有用的编辑,至少比只会"甜言蜜语"的编辑要有利得多。我是这么想的。

换句话说,重要的是修改这一行为本身。作家下定决心"要把这里修改得更好",静心凝神在书桌前坐下,着手修改文章,这种姿态便具有无比重大的意义。相比之下,或许"如何改写为好"的方向性问题倒是次要的。很多情况下,作家的本能和直觉并非源自逻辑,而是从决心中提取出来的。就像用棍棒击打灌木丛,让鸟儿惊飞出来一样。不管用什么棍棒去打,用什么方法去打,结果都不会有太大的区别。反正只要让鸟儿惊飞出来,就算大功告成了。鸟儿们展翅高飞的动能会摇撼渐趋凝固的视野。这就是我的意见。嗯,也许是相当粗暴的意见。

总而言之,要在修改上尽量多花时间。倾听周围的人的建议(不管那建议会不会惹你生气),铭记在心作为参考来修改文章。忠告至关重要。写完长篇小说的作家几乎无一例外,个个热血冲头,脑浆过热,丧失了理智。若问原因,理智的人首先就写不了长篇小说。所以丧失理智并没有什么问题,不过得有所自觉,明白"自己在某种程度上丧失了理智"。而对丧失理智的人来说,来自心智正常的人的意见大抵都很重要。

当然,他人的意见不能照单全收。其中说不定有跑题脱靶的意见,还有偏颇失当的。然而,不论什么样的意见,只要它是合情合理的,就有一定的意义。这些意见想必会让你的脑袋逐渐冷却，恢复适当的温度。他们的意见就代表所谓的世间，而阅读你作品的终究是世间的人。如果你打算无视世间，世间同样也会无视你。当然，如果你觉得"那也无所谓"，那么我也根本无所谓。然而，假如你是个打算跟世间维持一定的正常关系的作家（恐怕大部分作家都是这样吧），在周围找出一两个阅读你作品的"定点"就很重要。当然，那定点必须是能真诚坦率地把感想告诉你的人，哪怕每次听到批评都让你热血冲头。

修改要来上多少次？就算你这么问我，我也给不出精确的答案。在初稿阶段就修改过无数次，交付出版社排出校样后，还会一次又一次地索要校样，惹得人家心烦。将校样改得黑黢黢一片寄回去，然后把新送来的校样又改成黑黢黢一片，如此反反复复。前面说过，这是一项需要耐心的作业，然而对我来说却算不得什么苦痛。同一篇文章反反复复一读再读，咀嚼韵味，调换语序，变更细微的表达，我天生就喜欢这种"锤炼敲打"。眼看着校样变成黑黢黢一片，书桌上排放着的十来支 HB 铅笔不断变短，我便感到极大的喜悦。不知为何，这种事情对我来说有趣之极，无以言喻，不管做上多久都不会厌倦。

我敬爱的作家雷蒙德·卡佛也是一位喜欢这种"锤炼敲打"的作家。他以引用其他作家字句的形式，这样写道："写出一则短篇小说，再仔细地重读原稿，删掉几个逗号，然后重读一遍，又把逗号放回原来的地方，这时我就知道，这则短篇小说终于大功告成了。"我十分理解这样的心情，因为同样的事情，我自己也经历过许多次。到了这一步就算极限了，再继续修改的话，说不定效果适得其反——就存在这样一个微妙的关键点。他是以逗号的删添为例，准确暗示了这个关键点。

我就这样完成一部长篇小说。众口难调，只怕既有讨人喜欢的地方，也有招人不满的地方。就连我自己，也绝非对从前的作品感到心满意足，甚至痛感有的东西"如果是现在，肯定能写得更好些"。回头重读，缺点总是随处可见，所以除非特别需要，我一般不会把自己的书拿出来看。

不过我基本认为，在写那部作品的时候，自己肯定没有本事写得更好了。因为我明白，在那个时候，我倾尽了全力。投入了我愿投入的全部时间、倾注了我拥有的全部能量，才完成那部作品。可以说是倾其所有地打了一场"总体战"。这种"竭尽全力"的感觉至今仍然留在心里。至少就长篇小说而言，我从来没有应约稿而写的情况，也没有为截稿期疲于奔命的情形，而是在想写的时候，以想写的方式，写下想写的东西。这一点，我可以满怀自信地断言，所以大致不会发生日后懊恼"那里要是这样写就好了"之类的事情。

时间在创作上是一个非常重要的因素。尤其是长篇小说，"备料"至关重要。也就是在心中培育小说的萌芽、让它茁壮成长的"沉默的时期"。要在自己心里培养"想写小说"的渴望。这种用于备料的时间，让它逐渐成形的时间，将初具雏形的东西放到阴凉处好好"养护"的时间，再把它拿出来放在自然光中曝晒的时间，对凝固成形的东西仔细校验、锤炼敲打的时间……是否在这一道道工序上花了足够的时间，唯有作家才能真切感受到。而在这一环环作业上所花时间的品质，最终必定会表现为作品的"信服度"。也许肉眼看不见，但当中会生出鲜明无误的差异。

用切身的例子来说，这就近乎温泉水和家庭浴缸的热水之间的差异。泡在温泉里，哪怕水温低，暖意也会慢慢地沁入心脾，出浴后，体温也不会突然冷下来。但若是家庭浴缸里的热水，温暖就不可能浸入心底，一旦出浴，身体立马就会冷下来。我想诸位大概都有过这样的体验。大多数日本人泡在温泉里，都能切身体会到那种感觉，长吁一口气："嗯，没错，这就是温泉的热水啊！"可是要用语言向从未泡过温泉的人准确描述这种感觉，却绝非易事。

高明的小说和出色的音乐好像也有类似之处。温泉里的热水和自家浴缸里的热水，即使用温度计量出温度相同，但光着身子泡进去一试，就会明白个中差别。那种感觉能真实地感受到，然而要用语言表达出来却很难，只能这么说："啊，会一点一点渗入心头，就是这样，尽管我说不好是啥玩意儿。"要是人家说"可是温度是一样的，只怕是你的心理作用吧"，像我这样缺乏科学知识的人也无法有理有据地反驳。

所以当自己的作品出版后，就算受到严厉的（无法想象有多严厉的）批评，我也可以这么想："呃，这是没办法的事。"因为我有一种"已尽人事，已竭所能"的感觉。在备料和养护上都付出了时间，在锤炼敲打上也花了时间，所以不管受到多少批判，都不至于为此屈服，丧失自信。当然，偶尔也有让人感到不痛快的情况，但没什么大不了。因为我相信："凭时间赢来的东西，时间肯定会为之做证。"而且世上也有一些东西，唯独时间才能证明。假如胸中没有这份自信，就算我再怎么厚脸皮，也会有垂头丧气的时候。不过，只要手上有"已尽人事，已竭所能"之感，那就没什么可怕的了。剩下的事儿交给时间之手就行。郑重谨慎、礼貌周全地善待时间，就是让时间成为自己的朋友，就像对待女性一般。

前面提到过的雷蒙德·卡佛，曾在一篇随笔中这样写道：

"如果有时间的话，我肯定会写出更好的东西来。"曾经听一位作家朋友说过这样的话，我真的大吃一惊。现在回想起当时的情形都感到愕然。（中略）如果讲述的故事不是力所能及的范围内最好的一个，那干吗还要写什么小说？——我们能够带进坟墓里去的，归根结底，也只有已经尽心尽责的满足感，以及拼尽全力的证据。我很想告诉那位朋友：我不是要害你上当，不过你最好还是去找份别的工作吧。同样是为了赚钱谋生，这世上肯定还有更简单，恐怕也更诚实的工作。要不然，就倾注你全部的能力与才华去写东西。不要辩解，不要为自己开脱。不要发牢骚。不要找借口。(拙译《关于写作》)

对一贯温和敦厚的卡佛来说，这算是难得一见的严词厉色了，不过我完全赞同他想表达的意思。我不太了解当下这个时代，但从前的作家里，好像有不少人曾大言不惭地声称："要不是被截稿期逼着，我可写不出小说来。"该说是十足的"文人派头"吧，风格果然潇洒得可以，然而这种为时间所迫、忙手忙脚的写作方式不可能长久地维持下去。纵使年轻时游刃有余，或者在某个时期凭借这种方式写出优秀的作品，但是以长远的眼光看来，就会有随着时间的推移，其风格不可思议地贫瘠下去的印象。

要想让时间成为自己的朋友，就必须在一定程度上运用自己的意志去掌控时间，这是我一贯的主张。不能一味地被时间掌控，否则终究会处于被动状态。有句谚语叫"时不我待，潮不等人"，既然对方无意等待，就只能在充分了解这一事实之后，积极地、目标明确地制定自己的日程表。也就是说，不能一味甘于被动，要主动出击。

自己写的作品是否出色？如果出色的话，那么究竟出色到什么程度？这种事情我不太清楚。其实，这种事本不该由作者开口说三道四。对作品下判断的，毋庸赘言是一位位读者。而令作品价值日渐明朗的，则是时间。作者唯有默默接受而已。在当下这一刻，我只能说，我在写这些作品时毫不吝惜地投入了时间，借用卡佛的话说，就是努力写出"力所能及的范围内最好的故事"。无论拿出哪部作品，都绝无"如果有时间，我肯定会写出更好的东西来"这回事。如果写得不好，那是因为写那部作品时我身为作家的力量尚有不足——仅此而已。虽然是憾事一桩，却不必感到羞耻。力量不足，日后还可以靠努力弥补，然而机会却是稍纵即逝、无法挽回。

我投入漫长的岁月，构筑起属于自己的固有体系，让这种写作方式成为可能，并以自己的方式谨小慎微地进行整备，郑重其事地维持至今。为它拭去污垢，注入机油，努力不让它生出一点锈斑。身为一个作家，这件事尽管微不足道，却让我有一种类似自豪的心情。对我来说，与其谈论一部部作品的成绩与评价，不如来谈谈这种整体的体系，这样更令人愉快，并且也值得具体谈论。

假如读者能从我的作品中，感受到一星半点像温泉浴那般深刻的暖意，那可真是令人喜悦的事。因为我就是为了追求这样的"真实感"，才不断地读许多的书，听许多的音乐。

让我们相比于任何东西，更相信自己的真实感受吧。不管周围的人们说什么，都无关紧要。对作者来说，抑或对读者来说，胜过真实感受的基准，在什么地方都不存在。

第七章

彻底的个人体力劳动

写小说这份工作，是在密室中进行的彻彻底底的个人事业。独自一人钻进书房，对案长坐，（几乎是）从一无所有的空白之中，构筑起一个空想的故事，将它转变为文章的形态。把不具形象的主观事物转换为具备形象的客观事物（至少是要求客观性的事物）——简单地下个定义的话，这便是我们小说家的日常工作。

"哪里哪里，我可没有书房那么气派的东西。"这么说的人只怕也不少。其实刚开始写小说那阵子，我也没有什么书房，就在千驮谷鸠森八幡神社附近狭小的公寓里（如今已经拆除），坐在厨房的餐桌前，等家人睡下之后，深更半夜独自面对着四百字一页的稿纸奋笔疾书。就这样写出了《且听风吟》和《1973年的弹子球》这两部最初的小说。我私下里（自说自话地）把这两部作品叫作"餐桌小说"。

小说《挪威的森林》的开头部分，是在希腊各地咖啡馆的小桌上、轮渡的座椅上、机场的候机室里、公园的树荫下、廉价旅馆的写字台上写的。像四百字一页的稿纸那种体积偏大的东西，不方便随身带着四处行走，于是在罗马的文具店里买来便宜的笔记本（从前的说法叫"大学笔记簿"），用 BIC 圆珠笔写上蝇头小字。四周的座位吵吵嚷嚷，小桌子摇摇晃晃书写困难，笔记本又溅上了咖啡；半夜三更，正坐在旅舍写字台前推敲文字，隔着一层薄墙，隔壁的男女却声势浩大地频掀高潮。总之是历经了磨难，吃足了苦头。如今回想起来，都成了让人一笑的小插曲，可当时却着实令人沮丧。因为总也找不到固定的居所，到后来仍旧在欧洲各地游荡，在各种场所继续写这部小说。那本沾满咖啡（和莫名其妙的种种）污渍的厚厚的笔记，至今仍然留在我的手边。

然而不论在怎样的场所，人们写小说的地方统统都是密室，是便携式的书房。我想说的就是这一点。

我想，人们并不是受人之托才写小说的，而是因为有"我想写小说！"这种强烈的愿望，深刻感受到这种内在的动力，才不辞劳苦地努力去写小说。

当然也有人是接受了约稿，再动笔写小说。职业作家兴许大半都这么做。而我多年以来把不受委托、不接稿约，自由地写小说当作基本方针坚持了下来。说起来，像我这样的情况可能比较少见。很多作家好像会接受来自编辑的委托："请为我们杂志写个短篇小说吧。"或是："拜托您给我们出版社写一部长篇。"故事便从这里启程了。像这种情况，通常会约定交稿期限，有时好像还会以预支的形式领取定金。

即便如此，小说家仍然是听从自己内心的冲动，自发地去写小说，这基本程序并没有任何改变。也许有人号称没有外部的约稿和截稿期限这些制约，就无法好好写出小说来。然而，如果没有"我想写小说！"这种内在冲动，就算截稿日期催得再急，就算有人把金钱堆在眼前哭诉哀求，也照样写不出小说来。这是理所当然的。

而且不问那契机是什么，一旦动笔写起小说来，小说家就变成孤家寡人一个了。谁也不会来帮他（她）。有的人说不定会带一个调查员跟在身边，但任务也仅仅是收集资料与素材。谁也不会替他或她整理思路，谁也不会帮他或她寻词觅句。一旦自己动笔开工，就得亲自去推进、亲自去完成。不可能像近来的职业棒球投手那样，只须投到第七局，接下来便交给救援投手们，自己退回替补席擦汗去了。而小说家并没有一个整装待发的替补投手守候在投球练习区。所以哪怕拖进了加时赛，打到十五局也好，十八局也罢，直到赛出结果，都得一个人坚持投到底。

比如说，这只是指我自己的情况，要写一部长篇小说，就得有一年还多（两年，有时甚至三年）的时间钻进书房，独自伏案埋头苦写。清晨起床，每天五到六小时集中心力执笔写稿。像这样绞尽脑汁冥思苦想，脑袋势必会进入过热状态（还真有过头皮发热的情况），神志会老半天都朦胧不清。所以到了下午我就睡睡午觉，听听音乐，读读无害的书。这样一种生活过久了，肯定会导致运动不足，所以我每天大概都要外出运动一个小时，然后再准备迎接第二天的工作。日复一日，就这样过着周而复始的生活。

"孤独的工作。"这么一说反倒变成了陈词滥调，可写小说这份活计——尤其是写长篇小说——实际上就是非常孤独的工作。时时觉得自己仿佛孤单一人坐在深深的井底。谁也不会赶来相救，谁也不会过来拍拍你的肩膀，赞许一声"今天干得不错啊"。作为结果诞生的作品倒有可能得到嘉许（当然是说如果走运的话），然而人们并不会特地评价一番写作过程。这是只能由作家一个人默默承担的重负。

我也认为就这类工作而言，我属于忍耐力相当强的性格。即便是这样，仍然会时不时感到厌烦，心生倦意。然而来日方长，一天又一天，简直就像砌砖师傅堆砌砖块一般，耐着性子仔细地垒好，很快到了某个时间，就会有一种真实感："啊，是了。再怎么样，我毕竟是个作家。"于是将这真实感当作"好东西"和"值得庆贺的东西"接纳下来。美国禁酒团体有一条标语"One day at a time"（一日一日，扎扎实实），就是这样！我们只能不打乱节奏，将一个个未来的日子拖至身畔，再送向身后。这般默默地持之以恒，时候一到，自己心中就会萌发出"什么"来。不过要等到它萌发，得投入一些时日。你必须耐心等待。一天归根结底就是一天，没办法把两三天一下子归拢为一。

那么，要想勉为其难，把这项工作孜孜不倦地坚持下去，什么才是必需的呢？

不必说，就是持久力。

要对案枯坐、集中心力，最多只能坚持上三天——像这样的人是当不了小说家的。可能有人会说，有三天工夫的话，总可以写出一篇左右的短篇小说吧？这话当然没错，有三天时间，或许就能写出一则短篇小说。不过花上三天写完一则短篇小说，便让心情归零，然后再重整态势，又花上三天写出下一则短篇小说，这样一种循环周期不可能没完没了地持续下去。如果一再反复这种零敲碎打、时断时续的作业，只怕写作者的身体会吃不消。就算是专门写短篇小说的人，要想作为职业作家生存下去，也得在流程上有连续性才行。若要天长日久地坚持创作，不管是长篇小说作家，还是短篇小说作家，无论如何都不能缺乏坚持写下去的持久力。

那么，要想获得持久力，又该怎么做呢？

对此，我的回答只有一个，非常简单，就是养成基础体力。获得强壮坚韧的体力，让身体站在自己这一边，成为友军。

当然，这说到底只是我个人的意见，而且是得自经验，或许并没有普遍意义。我在这里本来就是作为个人在发言，因此，我的意见难免会成为个人化的、经验性的东西。肯定还有不同的看法，那就请向别人去打听吧。而我嘛，就允许我谈谈自己的意见好了。至于有没有普遍意义，就请您自己判断吧。

世上许多人好像都以为，作家的工作无非是坐在书桌前写写字，大概跟体力没什么关系，只要有那么点敲击电脑键盘（或者在纸上运笔）的指力，不就绰绰有余了吗？作家嘛，本来就是不健康、反社会、反世俗的存在，根本不用维持健康啦、健身啦。这样的想法在世间已根深蒂固。我在一定程度上也能理解这种说法，似乎不能简单地把它说成对作家形象的刻板成见，一脚踹到一边去。

然而实际上试一试就会明白，要每天五六个小时枯坐在书桌前，孑然一人面对着电脑显示屏（当然，就算是坐在柑橘箱前，面对着四百字一页的稿纸也无所谓），集中心力，搭建起一个个故事，那需要非同寻常的体力。年轻时还不算太困难。二三十岁的时期，体内充盈着生命力，就算苛酷地驱使肉体，它也不会发出怨言。一有需要，专注力也能简单地招之即来，还可以维持在高水平。年轻真是一件妙不可言的事啊——尽管叫我再来一遍的话，未免令我为难。然而遗憾得很，随着中年时代的到来，体力会渐渐衰落，爆发力逐渐下降，持续力也逐步减退。肌肉退化，多余的赘肉却越来越多。"肌肉易减,赘肉易增",这成了我们身体的一道悲痛的命题。为了弥补这种减退,为了维持体力,就需要持续不断地作出人为的努力。

而且,体力下降的话(这也无非是泛泛之论),思考能力也会随之表现出微妙的衰退。思维的敏捷和精神上的灵活都会逐渐丧失。我在接受某位年轻作家采访时曾经说过:"作家要是长出赘肉的话,就算完蛋了。"这当然是极端的说法,无疑也有例外。不过我多多少少觉得,这么说似乎并无大碍,不管那是物理上的赘肉,还是隐喻中的赘肉。许多作家会通过提高写作技巧和心智上的成熟来弥补这种自然的衰退,但这么做也是有限度的。

根据最近的研究,脑内海马体产生的神经元的数量,可以通过有氧运动得到飞跃性的增加。所谓有氧运动,是指游泳和跑步这类时间长、运动量适度的运动。不过,像这样新生的神经元如果置之不理的话,会在二十八小时后悄然消逝,没有任何用武之地。实在太可惜了。可是,如果给这些新生的神经元知性的刺激,它们就会被激活,与脑内网络相互结合,成为信号传递组织的有机部分。脑内网络会变得更加宽广、更加绵密。学习能力与记忆能力就会得到提高。这样一来,随机应变地转换思维方式、发挥不同寻常的创造力,就将变得简单易行。较为复杂的思考和大胆的构想也将成为可能。换句话说,在日常生活中将运动与知性的作业相互结合，会对作家的创作活动产生理想的影响。

我成为专业作家后便开始跑步（正式跑起来，是在写《寻羊冒险记》的时候），自那以来三十多年，差不多每天都跑步或游泳一个小时，已经成了习惯。大概是因为身体结实吧，其间从来没有大的健康失调，也不曾弄伤腰腿（只有一次因为打壁球导致肌肉撕裂），几乎没出现过空白期，每天坚持跑步至今。一年跑一次全程马拉松，还出场参加铁人三项赛。

也有人表示钦佩：每天都坚持跑步，好坚强的意志呀。可是要让我来说，每天坚持坐电车上班的工薪阶层，体力消耗才叫厉害呢。比起坐一个小时高峰期的电车，想跑步的时候到外边跑上一个小时，根本就不算一回事。也并不是意志坚强。我本来就喜欢跑步，仅仅是习惯性地坚持对自己胃口的事情而已。无论意志力多强，不对胃口的事也绝不可能连续做上三十年。

这种生活不断积累，我总会感到身为作家的能力似乎点点滴滴地提高了，创造力也变得更加牢靠和稳定。尽管无法拿出客观数值来说明，"瞧瞧，到这个数字啦"，心里却有一种自然而真实的感触。

即便我这么说，周围许多人却根本不予理会，冷嘲热讽的反而比较多。尤其是十多年前，人们几乎不理解这类事情。甚至还到处被人说："每天早上都跑步的话，身体太健康，可写不出像样的文学作品哟。"文艺界平白无故地有一种风潮，就是压根儿瞧不起体育锻炼。谈起"维持健康"来，好像大多数人会联想到浑身肌肉的壮汉，其实为了维持健康在平日里做做有氧运动，和使用器械塑造肌肉的健美运动可是大不相同。

每天跑步对我来说有怎样的意义？其实连我自己在很长一段时期内都不太清楚。每天都跑步的话，身体自然会变得健康。可以消除脂肪、生出匀称的肌肉，还可以控制体重。然而，并非仅仅如此。我一直有这种感觉。它的深层肯定还有更为重要的东西。但那"东西"究竟是什么？我自己也不知其详，连自己都不知其详的东西是无法向他人说明的。

不过，就这么稀里糊涂的，我居然把跑步的习惯执着地坚持了下来。三十年可是漫长的岁月，要始终不渝地把一个习惯维持下来，还是需要相当努力的。这种事是怎么做到的呢？因为我觉得跑步似乎具体而简洁地把几项"我这一生中非做不可的事情"表象化了。我有这种虽然粗略却十分强烈的真实感。所以即便心里想"今天身体很不舒服，不太想跑步啊"，我也会告诫自己："这对我的人生而言，可是无论如何非做不可的事。"几乎是无须理由地去跑。有一句话至今不变，对我来说就像祷语一般，那就是"这对我的人生而言，是无论如何非做不可的事"。

我并不是认为"跑步本身是好事"。跑步无非就是跑步，与好坏没有关系。假如你讨厌跑步，就没有必要硬着头皮去跑。跑也罢不跑也罢，这种事情都是个人的自由。我并非在倡导："来呀，大家都来跑步吧!"走在冬日清晨的街头,看见高中生集体在外边跑步,我就不由得心生同情:"真可怜,他们当中肯定有人不爱跑步呀。"真的。

只不过在我心中,跑步这一行为具有十分重大的意义。其实对我来说,对我将要做的事情来说,它在某种形式上是必要的行为,这种自然的认识一成不变地存在于我心中。这样的思想自始至终从背后推动我向前。严寒的早晨,酷暑的正午,身体疲倦兴致不高的时候,它温和地鼓励着我:"来吧,今天也加把劲,跑一圈去。"

不过,读了那篇关于神经元形成的科学报道,我重新认识到自己此前所做的事情和真实的感受(体感),在本质上并没有错。不如说我深深感到,细心聆听身体诚实的感受,对从事创作的人来说是一项重要的工作。无论是精神还是头脑,归根到底都是我们肉体的一部分。不太清楚生理学家是怎么阐述的,但让我来说的话,精神、头脑和身体之间并没有一条泾渭分明的界限。

这是我一贯的主张,可能有人要说"又来啦又来啦",但毕竟是重要问题,在这里还是得旧话重提。似乎有些死缠烂打的味道,对不起了。

小说家的基本工作是讲故事。而所谓讲故事,就是要下降到意识的底层去,下降到心灵黑暗的底部去。要讲规模宏大的故事,作家就必须下降到更深的地方。这就好比想建造高楼大厦，地基就必须越挖越深。而越是要讲周密的故事，那地下的黑暗就越浓重深厚。

作家从那片地下的黑暗中寻觅自己需要的东西，即小说需要的养分，带着它返回意识的上层领域，并且转换成文章这种具备形体和意义的东西。那片黑暗之中，有时会充满危险。栖息在那里的东西往往会变幻各种形象，蛊惑人心。加上既没有路标又没有地图，有些地方还被打造成了迷宫，如同地底洞窟一般，所以稍一疏忽便会迷路，可能再也无法返回地面。在那片黑暗中，集体无意识与个体无意识混作一团，太古与现代融为一体。我们将它未加解剖地带回来，有时那一大包东西说不定就会产生危险的结果。

想同那种深厚的黑暗之力对抗，并且日复一日地面对种种危险，就需要强韧的体能。虽然无法用数值表明究竟要强韧到何种地步，但强韧肯定远远好于不强韧。而且这所谓的强韧，并非与他人相比如何如何，而是对自己来说是"满足需要"的强韧。我通过每日坚持写小说，点点滴滴地体悟和理解了这个道理。心灵必须尽可能地强韧，而要长期维持这心灵的强韧，就必须增强、管理和维持作为容器的体力。

我所说的"强韧的心灵"，并不是指现实生活层面的强韧。在现实生活中，我就是一个平平常常的普通人。既会为了无聊的琐事受到伤害，也会脱口说出本来不必说的话，然后又耿耿于怀、懊悔不已。面对诱惑时总是无力抗拒，对无趣的义务则尽量视而不见。因为无足轻重的小事会怒不可遏，真正重要的大事上却反而麻痹大意、疏忽误事。虽然注意尽量不找借口，有时也忍不住脱口而出。心里想着今天最好不喝酒，却不知不觉从冰箱里拿出啤酒喝起来。像这些方面，我猜自己恐怕和世间的普通人差不多。不，弄不好还低于平均值呢。

然而说到写小说这项工作，我却能一天连续五个小时坐在书桌前，始终保持一颗强韧的心。这种心灵的强韧（至少其中大半）并非与生俱来，而是后天获得的东西。我通过有意识地训练自己，才掌握了它。进一步说，只要有心去做，即便不说是"轻而易举"，至少谁都能通过努力在一定程度上掌握。当然，说到这种强韧，它就像身体的强韧一样，不是要同他人较量竞争，而是为了让此时此刻的自己保持最佳状态。

我并不是要大家变得充满道学气，或变得清心寡欲。这两点与写出美妙的小说并没有直接的关联。只怕是没有吧。我不过是极为单纯而务实地建议：多留意一些身体上的事情岂不更好？

而这种思维方式和生活方式，说不定与世间大众想象的小说家形象大相径庭。我一边这样说，一边感到有种不安渐渐袭上心头。过着自甘堕落的生活，置家庭于不顾，把夫人的衣物送进典当铺里换钱（这形象好像有点太陈旧？），有时沉湎于美酒，有时沉溺于女人,总之是随心所欲无所不为,从这样的颓废与混沌中催生出文学来的反社会文人——这样一种古典的小说家形象说不定才符合世间大众的期待。要不然就是那种向往参加西班牙内战、在炮火纷飞中噼噼啪啪敲击打字机的"行动派作家"。而住在安稳的郊外住宅区里、过着早睡早起的健康生活、日复一日地坚持慢跑、喜欢自己做蔬菜沙拉、钻进书房每天按部就班完成固定工作量的作家,只怕谁都不会渴望吧?我可能是往大众心目中的浪漫幻想上,不停地泼着无情的冷水呢。

比如有一位叫安东尼·特罗洛普的作家。他是十九世纪的英国作家,发表了许多长篇小说,当时很受欢迎。他在伦敦的邮局里供职,写小说只是兴趣爱好,但他很快在写作上获得成功,成为风靡一时的流行作家。然而他直到最后都没有辞去邮局的工作。每天上班之前早早起床,勤奋地坚持写稿,完成自己规定的写作量,然后出门去邮局上班。特罗洛普似乎是位干练的职员,晋升到了相当高的管理层职位。伦敦街头到处安置着红色的邮筒,据说那就是他的功劳,此前可没有邮筒那玩意儿。邮局的工作似乎很对他的脾胃,不管写作多么繁忙,他都不曾动过辞职去当专业作家的念头。可能是个有点古怪的人吧。

他在一八八二年六十七岁的时候辞世,作为遗稿留下来的自传在死后刊行,于是他那没有丝毫浪漫色彩、规矩死板的日常生活首次被公之于众。此前人们并不知道特罗洛普是何许人也，等到真相大白于天下，评论家和广大读者都愕然失色，或者说大失所望。据说此后，作家特罗洛普的人气和声誉在英国一落千丈。而我听到这个故事，却老老实实地感到钦佩："好厉害，真是个了不起的人。"虽然我还没读过特罗洛普的书，却对他满心崇敬。然而当时的大众完全不是这样，他们好像颇为生气："怎么回事？我们读的居然是这种家伙写的小说？"说不定十九世纪英国的大众对作家——或作家的生活方式——追求的是反世俗的理想形象。我要是也过着这种"普普通通的生活"，很可能会遭受和特罗洛普先生相同的命运。一想到这些就不免惶恐。不过，特罗洛普先生在进入二十世纪之后重新得到评价，要说是好事，也确实算是好事……

如此说来，弗朗茨·卡夫卡也是在布拉格的保险局里做公务员，工作之余孜孜不倦地写小说。他好像同样是一位勤恳干练的官吏，职场同僚都对他另眼相看。据说一旦卡夫卡没去上班，局里的工作就会出现停滞。与特罗洛普先生一样，他是那种既扎扎实实完成正业，从不偷工减料，又把小说当作副业认认真真去写的人——只是我感觉拥有一份正业，似乎成了他许多小说最终未能完成的借口。但卡夫卡的情况不同于特罗洛普先生，这种中规中矩的生活态度反倒有受到好评的一面。为什么会产生这样的差异？真有些不可思议。人的毁誉褒贬这东西实在难以理解。

总而言之,向作家要求这种"反世俗的理想形象"的诸位,我觉得非常对不起你们,而且——这句话我好像重复过许多遍了——归根到底这只是对我而言:肉体上的节制,是把小说家继续当下去的必不可少的条件。

我想,混沌这东西其实人人心里都有。我心里有,你心里也有,不必非得在现实生活中以肉眼可见的形式具体展示出来。换句话说,它不是那种可以比画着向人炫耀的事物:"瞧瞧,我心里的混沌有这么大呢。"如果想邂逅自己内心的混沌,只消静静地闭口不言,独自下降到自己的意识底层即可。我们必须直面的混沌,值得严肃面对的真正的混沌,恰恰就在那里,就潜藏在你的脚下。

而要诚实地将它原原本本化为语言,你就需要沉默的专注力、永不气馁的持久力、在某种程度上被牢牢地制度化的意识,以及维持这种资质的必不可少的体力。这或许是了无情趣、名副其实的散文式的结论,但也是身为小说家的我的基本想法。不管遭受批判也好,得到赞赏也好,被人家砸来烂番茄也罢,投来美丽的鲜花也罢,总之我只会这样的写法——以及这样的活法。

我喜欢写小说这种行为,所以才像这样写小说,并几乎光靠写小说为生,这实在是值得庆幸的事。能过上这样的生活,我也感到万分幸运。实际上，如果不是在人生某一刻被破格的幸运惠顾，这样的好事只怕绝无可能吧。我十分坦诚地这么认为。这与其说是幸运，不如说是奇迹。

就算我身上多多少少有点写小说的才能，可那不过像油田和金矿一样，如果不去开掘，必定会永远埋在地下长眠不醒。也有人主张："只要有强大丰富的才能，总有一天会开花结果。"但以我的感受来看——我对自己的感受还是有那么一点自信的，好像未必是那样。如果那才能埋藏在相对较浅的地下，即便放着不管，它自然喷发的可能性也很大。然而如果在很深的地方，可就没那么容易找到它了。不管那是多么丰富出众的才华，假如没有人下定决心"好，就从这里挖挖看"，拎着铁锹走来挖掘的话，也许就会永远埋藏在地底，不为人知。回顾自己的人生，我对这一点有切身的感受。事物是要讲究时机的，而时机稍纵即逝，一旦失去，几乎再也不会重来造访。人生往往变化无常、并不公平，有时甚至还很残酷。我算是机缘巧合，碰巧抓住了这个好机会。如今回首往事，更觉得这纯粹是鸿运当头。

然而幸运这东西，说起来无非是一张入场券。在这一点上，它与油田和金矿性质迥异。并不是说只要找到了它，弄到了手，接下来就万事大吉，从此便一劳永逸、安享清福。有了这张入场券，你可以进入庆典会场，但仅此而已。在入口处交出入场券，走进会场，然后该如何行动、去哪里、要看什么、拿起什么、舍弃什么？如何克服可能出现的障碍？这终将变成个人才能、资质和本领的问题，变成个人气量的问题，变成世界观的问题，有时候还会变成极其单纯的体能问题。不管怎样，这都不是单凭幸运能应付周全的事。

当然，就像有各种类型的人一样，作家也分为各种类型。他们有各种活法，有各种写法；有各种看待事物的方式，有各种选词择句的方法，当然不能世间万事一概而论。我能做的，唯有谈论"像我这种类型的作家"而已，因此内容当然有限。然而同时，仅仅从同为职业小说家这一点而言，有个别的差异贯穿始终，根底上肯定也有某种相通之处。一言以蔽之，那大约就是精神上的强韧。走出迷惘，身受痛批，被亲近的人出卖，经历意外的失败，有时丧失自信，有时自信过头，总之遭遇了一切可能的现实障碍，却还要坚持把小说写下去——就是这样一种坚定的意志。

如果想让这坚定的意志长期维持下去，生活方式将不可避免地成为问题。首先要活得十全十美。所谓"活得十全十美"，是要在某种程度上确立收纳灵魂的"框架"（亦即肉体），再一步一步踏踏实实地推动它前行。这便是我的基本想法。所谓活着，多数情况下是漫长得令人厌恶的持久战。不想坚持不懈地向前推进肉体，仅仅打算积极地维持意志或灵魂的强韧，那么依我所见，这在现实层面几乎毫无可能。人生可不会那样姑息宽纵。一个人的倾向如果偏往某一方，迟早会受到来自另一方的报复（或者说反弹）。向一方倾斜的天平必然会往回摆动。肉体与精神的力量就像车子的双轮。它们在维持平衡的状态下共同发挥作用，才能产生最正确的方向和最有效的力量。

举个极为简单的例子，如果虫牙阵阵作痛，就无法安坐在桌前写小说。哪怕你大脑中有多么美妙的构想，有多么坚定的意志要写小说，有多么丰富的才华去创作优美的故事，可如果肉体连续不断地被物理性的疼痛袭扰，就不太可能集中心力执笔写作了。先去看看牙医，治疗虫牙——也就是把身体整治好，然后再坐到书桌前。我想说的简而言之就是这个。

这是非常非常简单的理论，却是我在迄今为止的人生路上亲身学来的东西。肉体力量与精神力量必须均衡有度、旗鼓相当。必须达成让两者互补的态势。战斗越是进入胶着期，这个理论就越有重大的意义。

当然，假如你是一位稀世天才，觉得像莫扎特、舒伯特、普希金、兰波、梵高那样，在顷刻之间绽放出绚丽的花朵，留下几部震撼人心、或美妙或崇高的作品，让芳名永垂青史，生命就此燃烧殆尽，如此便足矣，我这种理论就完全不适合你。我到现在为止所说的话，请你统统忘个一干二净，随心所欲地过日子吧。不用说，那是一种非常完美的活法。而且莫扎特、舒伯特、普希金、兰波、梵高那样的天才艺术家，无论在哪个时代都是必不可缺的。

但如果十分遗憾，你不是什么稀世天才，只想在自己拥有的（或多或少的）才能上投入时间，将它多少提高一点、把它培育得强劲有力的话，我的理论或许还能发挥相应的效力。尽量让意志变得坚定，同时也要把那意志的根据地——即身体整治得健康结实一点，尽量保持在没有障碍的状态，并将这种状态维持下去。这与综合地、均衡有度地提升你生活方式的品质密切相关。只要不吝惜这种踏踏实实的努力，自然而然地，创作品质也会得到提高。这就是我的基本想法——好像还是重复前言，但这个理论并不适用于有天才资质的艺术家。

那么，该如何提升生活方式的品质呢？方法因人而异。有一百个人，就有一百种方法。只能各自寻觅自己的道路，就像只能各自寻觅自己的故事与文体一般。

我又要举弗朗茨·卡夫卡为例了。他英年早逝，年仅四十便死于肺结核，而且遗留的作品展示的作家形象异常地神经质，身形也给人弱不禁风的印象，但他对待身体竟出乎意料地认真。据说，他是彻底的素食主义者，夏日里每天在摩尔多瓦河游一英里（一千六百米），日日花时间做体操。我可真想看看卡夫卡神情严肃地做体操的样子啊。

我在成长过程中，经过一错再错、反复尝试，终于摸索出属于自己的做法。特罗洛普先生找到了特罗洛普先生的做法，卡夫卡先生找到了卡夫卡先生的做法。请你也找到你的做法。不管在身体还是精神方面，每个人的情况必定各不相同，大概都拥有自己的理论。不过，如果我的做法能为你提供参考的话，也就是说，如果它多少具有一些普遍意义，我当然会感到非常高兴。

第八章

关于学校

这一次我们来谈谈学校。对我来说，学校是一个怎样的场所（或状况）呢？学校教育对身为小说家的我起到了怎样的作用？或者是没有起到过作用？我想来谈一谈这样的问题。

我的父母就是教师，我自己也曾在美国的大学里带过几个班，尽管并没有教师资格证之类。然而坦率地说，学校这东西从来都是我的弱项。想一想自己念过的学校，虽然觉得这样评价学校有些于心不忍（对不起了），却并没有什么美好的回忆涌上心头，甚至觉得后脖颈直痒痒。呃，这个嘛，与其说问题在学校，不如说是我这方面有问题吧。

总而言之，我还记得好不容易熬到大学毕业时，自己长长地舒了一口气，心想："啊，好了，这下再也不用去上学啦。"感觉像是终于卸下了肩头的重担。（大概）一次都没有过怀念学校的心情。

既然如此，为什么事到如今，我又要特地谈论学校呢？

这大概是因为我——作为一个早已远离学校的人——觉得时机已到，该对自身的学校体验或关于教育的所感所想，以自己的方式做一番整理和阐述了。不如说，在谈论自己时，也应该在一定程度上把这些东西弄个明白。再加上我最近和几位曾抗拒（逃避）上学的年轻人见过面，这或许也成了动机。

说句真心话，我从小学到大学，一直对学业不太擅长。倒不是成绩糟糕透顶的差生，成绩嘛，也算马马虎虎说得过去，可是我本来就不太喜欢学习这种行为，实际上也不怎么用功。我就读的那所神户的高中是所谓的公立"重点学校"，每个学年都有超过六百名学生，是一所很大的学校。我们属于"团块世代"①，反正就是孩子多。在那里，各门功课定期考试前五十名的学生，姓名都要公布出来（我记得好像是这样），可那份名单里几乎不会出现我的名字。也就是说，我不属于那约占一成的"成绩优秀的学生"。呃，往好里说，大致是中等偏上吧。

要说为什么对学业并不热心，理由非常简单，首先是因为太没意思，我很难感受到乐趣。换个说法就是，世上好多东西都比学校里的功课有意思。比如说读读书，听听音乐，看看电影，去海边游游泳，打打棒球，和猫咪玩玩，等到长大以后，又是跟朋

---

①指在日本战后第一个生育高峰期，即1947年至1949年期间出生的人。

友们通宵打麻将,又是跟女朋友约会……就是这类事情。相比之下,学校里的功课就无聊得多了。仔细想想,嗯,也是理所当然。

不过,我并没有觉得自己懒于学习、过于贪玩。因为我打心底明白,读许许多多的书、热心地听音乐,哪怕把跟女孩子交往算在内也没关系,这类事对我来说都是意义重大的个人学习,有时反而比学校里的考试更重要。当时在心中,这种认识有多少得到了明文化或理论化,如今我已经无法准确地回忆起来了,但似乎一直在冷眼旁观:"学校里的功课什么的,好无聊嘛。"当然,对于学业中感兴趣的内容,我还是肯主动学习的。

其次,对于跟别人争夺名次之类,我自小就提不起兴趣,这也是原因之一。倒不是我矫揉造作,什么分数啦名次啦偏差值啦(万幸的是在我十几岁的时候,这种玩意儿还不存在),这类具体表现为数字的优劣评价很少吸引我。这只能说是与生俱来的性格了。虽然也不无争强好胜的倾向(也因事而异),但在与人竞争的层面,这种东西几乎从不露面。

总之,阅读当时在我心中重于一切。不必说,人世间远比教科书更刺激,内容深刻的书应有尽有。逐页翻看这样的书,我会产生一种实际的感触,觉得那些内容随着阅读化作了自己的血肉。所以怎么也提不起精神正儿八经地复习迎考,因为我并不觉得把一些年号和英语单词机械地塞进脑袋里,将来会对自己有什么用处。不分条理、死记硬背下来的技术性知识,会自然地随着时间的流逝凋零飘谢，被某个场所——对，就是像知识的坟场一样的幽暗之地——吞噬，不知所终。因为这样的东西，几乎全都没有必要永远留存在记忆中。

相比之下，任凭时间流逝却能留存心间永不消亡的东西，才更为重要——这话等于没说吧。然而这一类知识却不会有什么立竿见影的作用。要轮到这类知识真正发挥价值，还得等上很长时间。十分遗憾，与眼前的考试成绩不能直接挂钩。这就是即时见效与非即时见效，打个比方，就像烧水用的小铁壶与大铁壶的差别。小铁壶能很快把水烧开，非常方便，但是马上就会冷掉。相比之下，大铁壶虽然得多花点时间把水烧开，可一旦烧开了，就不那么容易变凉。并不是说哪一种更好，而是说它们各有用途与特长，重要的是巧妙地区分开来使用。

我高中念到一半时，开始阅读英文原版小说。倒不是特别擅长英语，只是一心想通过原文阅读小说，或者是想读尚未译成日文的小说，于是跑到神户港旁边的旧书店里，把按堆论价的英文简装本小说买回来，也不管看不看得懂，一本又一本贪得无厌地乱读一通。大概最初是始于好奇心，然后就慢慢"习以为常"了，或者说对阅读外文书不再有抵触了。当时神户住着很多外国人，又有一个很大的港口，所以常有船员来来往往，这些人成批地抛售外文书，到旧书店就能看到许多。我当时读的几乎都是封面花啃的侦探小说和科幻小说，所以并不是很艰深的英语。不用说，像詹姆斯·乔伊斯和亨利·詹姆斯那样高深的东西，一个高中生肯定是啃不动的。但不管怎么说，我能把一本英文书从头到尾大致读下来了。须知好奇心就是一切。然而要问英语考试成绩是否有所提高，那倒没有，英语成绩照旧不见起色。

怎么回事呢？我当时曾经冥思苦想过。英语成绩比我好的同学要多少有多少，可是在我看来，他们当中大概没有人能把一本英文书从头读到尾。然而我却能顺顺当当开开心心地读完它。为什么我的英语成绩依旧还是不怎么样呢？左思右想，我终于找到了独家答案：日本的高中英语课程，并不以教学生掌握灵活实用的英语为目的。

那又是以什么为目的呢？在大学的入学考试中英语拿个高分，差不多就是唯一的目的。能够看英文书，可以跟外国人进行日常会话，至少对我就读的那所公立学校的英语老师来说，不过是微不足道的琐事——即便不说是"多余的闲事"。与其如此，还不如多背一个复杂的单词，记一记过去完成时的虚拟语气句式句型，或是选择正确的介词和冠词。

当然，这类知识也很重要。尤其是从事翻译工作之后，我越发感到了这些基础知识的薄弱。不过只要有心，细微的技术性知识完全可以过后再补，或者一面在现场工作，一面根据需要自然而然地掌握。相比之下更为重要的，还是"自己为什么要学习英语（或其他外语）"这种目的意识。如果这一点暧昧不明，学习就会变成无趣的"苦差"。我的目的非常明确，反正是想通过英文（原文）阅读小说。暂且只是为了这个目的。

语言这东西是鲜活的，人也是鲜活的。活着的人想灵活自如地运用活着的语言，就非得有灵活性不可。彼此都应该自由地行动，找到最有效的接触面。这本来是理所当然的，然而在学校这种体系中，这样的想法可一点都不理所当然。我觉得这毕竟是不幸的事。也就是说，学校体系与我自身的体系不能契合，所以上学就成了一件不太开心的事。只是因为班上有几个要好的同学和可爱的女生，我才好歹每天坚持去学校。

当然，我是说"我们那个时代是这样"，而我念高中已是将近半个世纪前的事了。自那以来大概发生了很大的变化。世界在不断地全球化，通过引入电脑和录音录像设备，教学设施得到改善，应该变得十分便利了。话虽如此，我又觉得学校体系的存在方式和基本想法，恐怕仍然同半个世纪前没有多大差别。关于外语方面，如今还是老样子。如果真想灵活掌握一门外语，就只有一个办法：自己跑到国外留学去。到欧洲等地去看一看，那里的年轻人基本都能说一口流利的英语。书之类的用英文读起来简直一目十行——拜其所赐，各国出版社译成本国文字的书反而卖不出去，十分尴尬。然而日本的年轻人却不管是说也好读也好写也好，大多数好像仍然无法灵活运用英语。我觉得这毕竟是个大问题。对这种扭曲的教育体系置之不理，却从小学开始就让孩子们学习英语，只怕也是白费力气。无非是让教育产业赚个钵满盆满罢了。

还不只是英语（外语），差不多在所有学科上，都让人觉得这个国家的教育体系大概不怎么考虑如何让个人资质得到灵活发展。好像至今还在进行填鸭式教育，照本宣科，积极传授应试技巧。而且无论老师还是家长，都对有几个人考取了哪所大学这种事或喜或忧。这稍稍有点可悲可叹哪。

上学期间，常常得到父母或老师的忠告："在学校一定要好好读书。不然等你长大后肯定会后悔的，觉得年轻时要是更努力一点就好啦。"可是自从我毕业离校之后，一次都没这么想过。反倒心中懊悔，寻思着："在学校念书时，要是更潇洒一点，想干什么就干什么该多好。死记硬背了那么多无聊的东西，简直是浪费人生。"呃，说不定我是个极端的例子。

我属于那种对自己喜欢的事、感兴趣的事，就要全神贯注追求到底的性格。绝不会说句"算了，我不干了"就半途而废，得做到心安理得才会停手。可要是我不感兴趣的事，做起来就不会太投入。或者应该说，怎么也生不出全神贯注的心情。在这些方面，我可是一直都拿得起放得下。但凡别人（尤其是上面的人）命令道"你去做这个"，这样的事情，我就只能敷衍了事了。

体育运动上也是如此。我从小学到大学一直对体育课厌恨之极。被逼着换上运动服、领到操场上，做一些根本就不想做的运动，令我痛苦难熬。所以有很长一段时期，我都以为自己不擅长体育。可是踏入社会之后，按照自己的意愿开始尝试着运动，才发现有趣得一塌糊涂。"运动原来是这么快乐的事啊！"我眼前豁然一亮。那么，以前在学校做的那些运动究竟算什么呢？这样一想，不禁茫然若失。当然，人各有异，不能简单地一概而论，但说得极端点，我甚至怀疑学校里的体育课，会不会就是为了让人讨厌体育才存在的。

假如将人分成"狗型人格"和"猫型人格"，我觉得自己堪称彻底的猫型人格。听到"向右转"的口令时，会不由自主地转向左边。虽然这么做的时候常常心生歉疚，但好也罢坏也罢，这是我的天性使然。人有形形色色的天性。只不过我体验过的日本教育体系，在我看来，其目的似乎是培养为共同体效命的"狗型人格"，有时更是超越此境，甚至要制造出将整个集体引向目的地的"羊型人格"。

这类倾向好像不仅仅体现在教育上，甚至波及以公司和官僚组织为核心的日本社会体系。而这种"重视数值"的僵化与"死记硬背"式的速效而功利的趋向，似乎在各种领域产生了严重的弊害。在某个时期，这"功利的"体系的确很好地发挥了作用。在社会整体的目的和目标明显的"向前向前"的时代，这样一种做法也许比较合适。然而当战后复兴期结束，高度增长期成为过去，泡沫经济华丽地崩溃之后，这种"大家结队抱团，只管朝着目的地猛冲"式的社会体系已然完成使命。因为我们今后的去向已经不能凭借单一的视野便一目了然了。

诚然，倘若世间净是像我这样任性自专的人，大概也会令人为难。然而借用刚才的比喻，在厨房里必须巧妙地并用大铁壶和小铁壶，按照不同的用途和目的，恰到好处地区分开来使用，这就是人类智慧的体现，或者叫作共识。类型和时间性各不相同的思维方式和世界观巧妙地组合起来，社会才能积极高效地顺利运转下去。简单说来，这或许就是"体系的优化"。

无论怎样的社会，自然都需要共识。没有它，社会就无从维持下去。然而与此同时，稍稍偏离共识、属于相对少数派的"例外"也应该得到相应的尊重，或者说被正式地纳入视野。在一个成熟的社会里，这种平衡正逐渐成为重要的因素。获得这种平衡，一个社会就能产生出厚度、深度与内省。但放眼望去，现在的日本好像还没有完全朝这个方向转过舵来。

比如二〇一一年三月的福岛核电站事故，追踪阅读相关报道，便不禁有种暗淡的思绪涌上心头："从根本上来说，这不就是日本社会体系带来的必然灾害（人祸）吗！"想必诸位也大致有相同的看法吧。

由于核电站事故，数万民众被赶出住惯了的家园，处境艰难，不知什么时候才能重返故土，当真令人心痛难禁。造成这种状况的直接原因，看似是超出预料的自然灾害，是多种不幸的偶然层层交叠所致。然而最终发展到如此致命的悲剧阶段，依我所见，乃是现行体系的结构性缺陷和其催生的弊端造成的。是体系内部逃避责任，是判断力的缺失，是从不设身处地体会他人的痛苦，是丧失了想象力的恶劣效率性。

仅仅是为了"经济效率"——几乎单单为了这一点，核能发电便被当作国策，不容分说地强行推进，而其中潜藏着的风险（或者说已经以种种形式不断被证实的风险）却被有意掩盖起来，不让公众知晓。总之，这就是因果报应、在劫难逃。如果不去追究这种已深深渗入社会体系主干的"向前向前"的体质，探明问题所在，从根本上加以修正的话，只怕同样的悲剧还将在别的地方上演。

认为核能发电对资源短缺的日本来说必不可少，或许也不无道理。我原则上站在反对核能发电的立场上，不过，假如由值得信赖的管理者谨慎管理，由合适的第三方机构严格地监督运营，所有信息都准确地对外公示，那么或许还有一定的协商余地。然而像核电站这种可能招致致命灾难的设施，蕴含着毁灭一个国家的危险性的机构（实际上，切尔诺贝利事故便成为导致苏联解体的原因之一），若是让"重视数值""效率优先"的营利企业来运营，并且由对人性缺乏同情心、只会"死记硬背""上意下达"的官僚组织来"指导"和"监督"，就会带来令人毛骨悚然的风险。它很可能造成污染国土、破坏自然、损害国民体质、令国家信誉扫地、从民众手中夺走生活环境的后果。实际上，这正是已经在福岛发生的事态。

话题扯得太远了。不过我想说，日本教育体系的矛盾与社会体系的矛盾是一脉相承的。或许应当反过来说才对。总之，我们已经到了这样的地步，再也没有余裕对这种矛盾置之不理、束之高阁了。

先不说这些，再回头继续谈谈学校。

我的学生时代是从上世纪五十年代后半期到六十年代，校园欺凌和拒绝上学还没有成为严重的问题。并不是说学校和教育体系没有问题（我看问题倒是不少），不过，至少在我身边几乎没有欺凌同学和拒绝上学的例子。虽然偶尔也有那么几起，但并不严重。

我想，大概是处在战争刚刚过去的时代，整个国家还比较贫穷，大家有"复兴"和"发展"这样明确的行动目标的缘故吧。就算隐含着问题与矛盾，但四周飘荡着积极向上的空气。恐怕在孩子们中间，这种类似"方向性"的东西也在悄悄发挥作用。即便身处孩童的世界，拥有巨大能量的负面精神活动好像也不常见。

其实，说到底是人们有"只要照这样去努力，周围的问题和矛盾一定会逐渐消失"的乐观想法。所以我尽管不太喜欢学校，仍然觉得"上学是理所当然"，并没有产生什么疑问，还是认认真真地去上学念书。

然而现在校园欺凌和辍学成了重大的社会问题，甚至难得有不见诸报纸、杂志或电视报道的日子。不少孩子因为遭受欺凌结束了自己的生命。这实在是悲剧，让人不知该说什么好。有许多人针对这些问题提出了大量意见，也采取了许多社会对策，然而这种倾向却丝毫没有收敛的意思。

不单是学生之间相互欺凌，老师方面好像也有不少问题。这是很早以前的事件了：在神户一所学校，上课铃一响，老师就急着去关校门，因为校门太重，一位女生被门扉夹住，不幸丧生。"最近学生迟到的情况很严重，不得不这样做。"这位老师辩解道。迟到固然不是值得称许的行为，然而上学迟到几分钟，与一条鲜活的生命相比孰轻孰重，这种问题不言自明。

在这位老师身上，"不许迟到"的狭隘意识在脑袋里异样地强化和膨胀，让他失去了均衡有度地看待世界的视野。均衡感对于教育者来说本是非常重要的资质。报纸上还刊登了家长们的评论："不过，那倒是一位热心教育的好老师。"这种话居然（能够）说出口来，这是相当有问题的。受害者惨遭挤压的痛苦究竟被忘到什么地方去了？

作为一种比喻，倒是可以想象"将学生压死的学校"的意象，然而当真活生生地将学生压死的学校，可就远远超出我的想象了。

这种教育现场的病症（我觉得不妨这么说）无疑正是社会体系病症的投影。作为一个整体，社会原有一种自然的势头，如果目标已经确定下来，即使教育体系多少有点问题，也可以借助"场的力量"巧妙应付过去。然而等到社会失去这种势头，闭塞感处处可见时，表现最为显著、波及最为严重的就是教育这个场，就是学校，就是教室了。这是因为孩子们就像坑道里的金丝雀一样，能最迅速、最敏锐地感知这种混浊的空气。

就像刚才说过的，在我还是个孩童的时候，社会是有"发展空间"的。所以个人与制度对立之类的问题会被这个空间吸收，没有演化成太大的社会问题。因为整个社会都在运动，而这种运动吞噬了各种矛盾与挫折感。换个说法就是，感到为难时，到处都有可以逃入其中的余地和间隙之类的场所。然而高速增长时代早已结束，泡沫经济时代又已告终，到了现在，就很难找到这种避难空间了。只要顺应潮流就总会有办法，这种粗枝大叶的解决方法已经不复存在了。

我们要设法找到新的解决方式，应对这种由"避难空间不足"的社会造成的严重教育问题。从顺序来说，首先应该有一个能找到这个解决方式的场所。

那是一个什么样的场所呢？

就是个人与体系能自由地相互活动、稳妥地协商、找出对各自最有效的接触面的场所。换言之，就是每个人都能自由自在地舒展四肢、从容不迫地呼吸的空间，是一个远离了制度、等级、效率、欺凌这类东西的场所。简单地说，那是个温暖的临时避难所，谁都可以自由地进入、自由地离开。说来就是"个体"与"共同体"徐缓的中间地带。每个人自己决定要在其中占据什么位置。我打算姑且称之为"个体的恢复空间"。

一开始不妨是小一点的空间，不必规模宏大。就像自己亲手制作的狭小空间，在那里尝试种种可能性，如果有什么东西发展顺利，便将它作为样板（即跳板）进一步培养，发展下去。我觉得把这个空间逐渐扩展开来就行。或许得花一些时间，不过这大概是最正确、最合情合理的做法。这样的场所假如能在各地自发涌现出来，就再理想不过了。

最糟糕的情况，是文部科学省之类的机构把这种东西作为一项制度，自上而下地强加给教育现场。我们探讨的本来是"个体恢复"的问题，但如果国家试图制度性地解决这个问题的话，岂不是本末颠倒了吗？完全可能变成一出闹剧。

来说说我个人的事。如今回想起来，在学校念书期间，最大的安慰就是交了几个要好的朋友，以及读了许多的书。

说到书，我就像握着铁锹往熊熊燃烧的炭窑里乱铲乱投一般，一本又一本，如饥似渴地读过各种类型的书。单是一本本地品味和消化，每天就忙得不可开交（消化不了的更多），几乎没有多余的时间为其他事胡思乱想。有时也觉得，这样对我来说或许是好事。如果环顾自己周围的状况，认真思索那些不自然的现象、矛盾与欺瞒，直接去追究那些无法认同的事，我很可能会被逼入绝境，饱尝艰辛。

与此同时，我觉得通过涉猎各种类型的书，视野在一定程度上自然而然地"相对化"了，这对于十多岁的我也有重大的意义。就是说书中描写的种种感情，差不多都感同身受地体验了一番，在想象中自由地穿梭于时间和空间之间，目睹了种种奇妙的风景，让种种语言穿过自己的身体。因此，我的视点多少变成了复合型，并不单单立足于此刻的地点凝望世界，还能从稍稍离开一些的地方，相对客观地看看正在凝望世界的自己的模样。

假如一味从自己的观点出发凝望世间万物，世界难免会被咕嘟咕嘟地煮干。人就会身体发僵，脚步沉重，渐渐变得动弹不得。可是一旦从好几处视点眺望自己所处的立场，换句话说，一旦将自己的存在托付给别的体系，世界就会变得立体而柔软起来。人只要生活在这个世界上，这就是具有重大意义的姿态。通过阅读学到这一点，对我来说是极大的收获。

假如世上没有书，假如我没读过那么多书，我的人生恐怕要比现在更加凄冷、更加枯瘠。对我而言，阅读这种行为原本就是一所大学校。那是一所为我建立和运营的量身定制的学校，我在那里亲身学到了许多重要的东西。那里既没有烦琐恼人的规则，也没有分数评价，更没有激烈的名次争夺，当然也没有校园欺凌。我能在"制度"的重重包围下，巧妙地确保另一种属于自己的"制度"。

我想象的"个人的恢复空间"，就是与此相近的东西，而且并不仅限于阅读。我想，那些无法顺利融入现实中的学校制度的孩子，那些对课堂学习不感兴趣的孩子，如果能得到这种量身定制的"个人的恢复空间"，并且在那里找到适合自己、与自己相配的东西，按照自身的节奏去拓展这种可能性的话，大概就能顺利而自然地克服"制度之墙"。然而要做到这一点，就需要理解并赞许这种愿望（即"个体的生活方式"）的共同体或家庭的支持。

我的父母都是国语老师（母亲在结婚时辞去了工作），所以对我看书几乎没有一句怨言。尽管对我的学习成绩颇为不满，但从来没对我说过"别看什么书了，好好复习迎考"之类的话。也可能说过，但我一点印象都没有了。呃，就算说过，也是轻描淡写那种吧。我在这件事上必须感谢双亲。

再重复一遍，我对学校这种"制度"实在喜欢不起来。虽然遇见过几位好老师，学到了一些重要的东西，但几乎所有的课程都味同嚼蜡，足以把这些全部抵销还绰绰有余。在结束学校生活那一刻,我甚至想过"人生只怕再也不会这么枯燥乏味了吧"——就是枯燥乏味到这种地步。但不管怎么想，在我们的人生中，枯燥乏味还是会络绎不绝，会毫不留情地从天上飘落而下、从地下喷涌而出。

可是，呃，对学校喜欢得不得了、不能去上学心里就空落落的——像这样的人恐怕不大会成为小说家。因为小说家就是在脑袋里不断创造出只属于自己的世界的人。比如我，在课堂上根本不好好听课，好像只顾沉溺在无穷无尽的空想中。如果我现在是个小孩子，说不定会无法与学校同化，成为一个拒绝上学的儿童。在我的少年时代，不知是幸运还是不幸，只因为拒绝上学尚未成为潮流，"不去上学"这个选项才没有浮现在脑海里。

不管遇上怎样的时代，身处怎样的社会，想象力都拥有重大的意义。

处在想象力对面那一端的东西之一，就是"效率"。将多达数万名福岛民众驱赶出家园的，究其原因就是这个"效率"。正是"核电是效率极高的能源，因此是好的"这种思维，以及由此捏造出来的"安全神话"，给国家带来这种悲剧性的状况和无法恢复的惨状。不妨说这是我们想象力的败北。现在开始还不算晚。我们必须把足以同这种叫"效率"的武断而危险的价值观对抗的自由思考和思维之轴,朝着共同体(也就是社会)的方向拓展下去。

165

话虽如此，我对学校教育的期望却并非"让孩子们的想象力丰富起来"之类。我不指望那么多。因为能让孩子们的想象力丰富起来的，说到底还是孩子自己。既不是老师，也不是教学设备，更不会是什么国家和自治体的教育方针。孩子们也不是人人都有丰富的想象力。就好比既有擅长奔跑的孩子，也有并不擅长奔跑的孩子。既有想象力丰富的孩子，也有想象力称不上丰富，不过会在其他方面发挥优异才能的孩子。理所当然，这才是社会。一旦"让孩子们的想象力丰富起来"成了规定的"目标"，那么这又将变成怪事一桩了。

我寄望于学校的，只是"不要把拥有想象力的孩子的想象力扼杀掉"，这样就足够了。请为每一种个性提供生存的场所。这样一来，学校一定会变成更充实的自由之地。同时与之并行，社会也能变成更充实的自由之地。

作为一个小说家，我是这样想的。但无论我怎样想，事态大概也不会发生什么改变吧。

第九章

该让什么样的人物登场？

常常有人问："您小说里登场的角色，是否以真实人物为原型？"我的回答大体上是"No"，一部分是"Yes"。迄今为止，我已写过为数不少的小说，但从一开始就意图明确，"这个角色是在心里比照着现实中这位人物写的"，像这种情况总共只有两三次。我一边写着（都是一些小配角），一边多少有些忐忑不安：万一被人家瞧出底细来，"这是以某某为原型的吧"，尤其那个人偏偏就是某某本人的话，那可就不好办啦。所幸至今还一次都没被人识破。尽管大体上是以某位人物为原型，却也细心周到地作了改造再写进小说里去，我猜周围的人大概还不至于察觉到。恐怕其本人也是。

相比之下，我不曾在心中想象过某位人物、纯粹是凭空虚构出来的角色，反而被人家无端说成"某某一定就是原型啰"，像这种情况要多得多。有时候，居然还有人挺身而出，堂而皇之地宣告："这个角色就是拿我做原型的嘛。"萨默塞特·毛姆在小说中曾经写过一个故事，说的就是被一个素未谋面、甚至未闻其名的人告上了法庭，声称"自己被当作了小说的原型"，他为此困惑不已。毛姆的小说往往把角色描写得栩栩如生、活灵活现，有时还成心调侃作弄（往好里说是讽刺），因而才会招致如此强烈的反应吧。读到他那种高明的人物描写，也许真有人误以为就是在批判和揶揄自己。

多数情况下，我小说里登场的角色都是在故事发展中自然形成的。除了极少的例外，基本不会有事先决定"我要写出个这样的角色来"的情况。随着写作的展开，络绎登场的人物自然会组成主轴般的东西，种种细节也会纷纷被吸附过去，就像磁铁将铁片吸附过去一样。就这样，一个个完整的人物形象便逐渐形成。事后细想，常常会发现："咦，这个细节跟谁的某某部分有点像嘛。"但不会从一开始就定下方案，"好，这回要把谁的某某部分拿来用用"，然后再去塑造角色。许多作业反倒是自动推进的。就是说，我在塑造某个角色时，几乎是无意识地从脑内的档案柜中抽出信息片段，将它们拼合起来。大致就是这样的情况。

我私底下把这种自动作业叫作"自动小矮人"。我一直开手动挡的车，刚刚开始驾驶自动挡的车时，感觉"这个变速箱里肯定住着好几个小矮人，就是这帮家伙在分工协作、操纵排挡"，而且总有一天这帮小矮人会闹罢工："哎呀，整天为别人忙碌奔命，累死我啦，今天要歇上一天！"说不定车子还在高速公路上风驰电掣呢，猛地一下子就抛锚不动了。想到这里，我甚至隐隐有些恐惧。

我这么一说，各位也许会哑然失笑，但总而言之，说到"塑造角色"这类工作，栖息在我潜意识之下的"自动小矮人"眼下好歹还在（尽管一面在嘀嘀咕咕地发牢骚）忙忙碌碌地为我干活儿。我只不过是匆匆抄写成文字而已。当然，这样写下来的文章不会原封不动地编织到作品里去，日后还会几经改写、变换形态。而这种改写与其说是自动进行的，不如说是意识鲜明、逻辑清晰地推进的。然而说到原型的确立，那倒是无意识的、出自直觉的作业，或者说非得这样不可。要不然就会塑造出让人觉得极不自然、缺乏鲜活气息的人物形象。于是，这种初期工序就"承包给自动小矮人"了。

要写小说，总而言之就得阅读许多的书。同样的道理，要写人物，就得了解大量的人。我觉得这么说也全然无碍。

虽说是"了解"，但也不必彻底理解和通晓对方。只须瞟上一眼那人的外貌和言行特征就足够了。只不过无论是自己喜欢的人，还是不太喜欢的人，老实说甚至是讨厌的人，都要乐于观察，尽量不要挑肥拣瘦。因为把登场人物一律都搞成自己喜欢的、感兴趣的或是容易理解的人物，用长远的观点去看，那部小说就会变成缺乏广度的东西。有各种不同类型的人物，这些人物采取各

171

种不同的行动，彼此冲突碰撞，事态才会出现变动，故事才能向前推进。所以，哪怕一见之下，心想"我可不待见这家伙"，我也不会背过脸去，而是将"哪里不顺眼""怎样不讨人喜欢"这些要点留在脑海里。

很久以前——我记得是在三十五岁前后——曾经有人对我说："你的小说里不会出现坏人啊。"（后来我才知道，库尔特·冯内古特的父亲临终前也对他说过一模一样的话。）被他这么一说，我便思忖："细想一下，好像还真是这样。"自那以来，便有意识地让一些反面角色在小说里登场。与其说我当时将心思放在让小说跌宕起伏上，不如说是放在构筑自己私人的（相比之下是和谐的）世界上。必须先确立这种属于自己的安定的世界，当作与粗野的现实世界相抗衡的避难所。

然而随着年龄不断增加——不妨说是（作为一个人和一个作家）不断成熟，尽管进展缓慢，但我渐渐能在故事里安置负面的或者说不那么和谐的角色了。要问是怎么做到的，首先是因为我的小说世界已基本成形，可以将就着工作了，及至下一步，把这个世界拓展得更广更深、更具活力便成了重大课题。为此就必须让出场的人物富于多样性，让人物的行动有更大的振幅。我越发强烈地感到有这种必要。

再加上我在现实生活中也经历过（不得不经历）种种事情。三十岁时姑且成了一位职业小说家，也变成了公众人物，于是不管乐意不乐意，都得承受迎面扑来的强烈风压。我绝非热衷抛头露面的性格，但有时会身不由己地被推上前去。时不时也得干一些本不想干的事情，还遭到过亲近之人的背叛，为此心灰意冷。既有人为了利用我，大说特说言不由衷的溢美之词，也有人毫无意义地（我只能认为是这样）对我破口大骂。还曾被人家真真假假地说三道四。此外还遭遇过种种匪夷所思的怪事。

每当遭遇这种负面事件，我就留心观察相关人物的言行举止。既然苦头是非吃不可了，索性从中淘取些貌似有用的东西——其实就是"不管怎样，总得保住老本"啦。当时难免会心中受伤、情绪低落，但如今想来，这样的经历对我这个小说家来说也算是充满营养的东西。自然，美妙而愉快的经历肯定也有不少，但相比之下，记忆犹新的却净是负面的事情。与回忆起来让人愉悦的事情相比，倒常常想起那些不愿回忆的事。总而言之，不妨说从这样的事中能学到更多的东西。

回头想想，我喜欢的小说，似乎以出现很多饶有趣味的配角的居多。在这层意义上，首先啪的一下浮上脑际的，要数陀思妥耶夫斯基的《群魔》。读过此书的各位想必都知道，这部作品中荒诞离奇的配角层出不穷。明明篇幅很长，读起来却丝毫不嫌烦。让人觉得"怎么会有这种家伙呀"的丰富多彩的人物、稀奇古怪的角色络绎不绝地登台露面。陀思妥耶夫斯基的脑袋里肯定有一个巨大无比的档案柜。

说到日本的小说，夏目漱石的小说中出现的人物实在是多姿多彩，魅力无穷。哪怕是偶然露面的小角色，也都栩栩如生，拥有独特的分量。这种人物道出的一句台词、露出的一个表情、做出的一个动作，都能奇妙地长留心间。阅读漱石的小说总让我感佩的，就是几乎不会出现"此处需要这样的人物，所以姑且叫个人上场"式的凑数的人物。他的小说不是一拍脑门胡编乱诌的，而是让人有扎扎实实的感受。可以说每一个句子都经过精雕细琢。这样的小说，读来本本都让人信服，可以放心地读下去。

写小说时让我最快乐的事情之一，就是"只要愿意，自己可以变成任何一个人"。

我原来是用第一人称"我"开始写小说，这种写法坚持了二十多年。短篇之类有时会用第三人称，长篇则始终使用第一人称。当然，"我"并不等于村上春树，就如同雷蒙德·钱德勒并不等于菲利普·马洛，根据不同的小说，"我"的人物形象也在发生变化。尽管这样，坚持用第一人称写作，久而久之，现实中的我与小说中的主人公"我"的界线——无论对作者还是对读者来说——有时在某种程度上也难免变得不够分明。

刚开始并没有发生什么问题，或者说我本想以虚构的"我"为杠杆的支点，构筑起小说世界，并将它拓展开来。但是不久后便渐渐感到仅凭这一点不够用了。尤其是随着小说的篇幅与架构扩展开去，仅仅使用"我"这个人称便有些憋屈气闷，于是在《世界尽头与冷酷仙境》中，便按章轮流使用"我"和"在下"这两种第一人称，这也是试图打破第一人称功能局限的尝试。

最后一部只用第一人称写作的长篇小说，是《奇鸟行状录》（一九九四年、一九九五年）。然而篇幅长到如此地步，单凭"我"的视点讲述故事便显得捉襟见肘，得时时处处带入种种小说式的创意。或是加入别人的叙述，或是插入长长的书信……总之引进一切叙事技巧，试图突破第一人称的结构制约。然而有些地方毕竟让人感觉"这就算走到尽头啦"，接下来的《海边的卡夫卡》（二〇〇二年）就把一半内容切换成了第三人称叙事。少年卡夫卡的章节都沿用旧例，由"我"担任叙述者推进故事，此外各章则以第三人称讲述。如果有人说这是折中，这话一点都不假，可尽管只占了一半，却由于导入了第三人称这个声音，使小说世界的范围大幅扩展开来。至少写这部小说时，我感到自己的手法要比写《奇鸟行状录》时自由多了。

后来所写的短篇小说集《东京奇谈集》、中篇小说《天黑以后》，从头至尾都采用了纯粹的第三人称。我好比是在那里面，即以短篇小说与中篇小说的形式，确认了自己能完美地运用第三人称。就像把刚买的跑车开到山道上去试驾，确认各种功能的感觉一样。依序将流程整理一遍，从出道开始到告别第一人称、只用第三人称写小说，几乎过去了二十年。真是漫长的岁月啊。

一个人称的切换，何以竟需要如此之长的时间？确切的理由连我自己也不清楚。其他姑且不问，恐怕有一点是运用第一人称"我"来写小说，我的身体和精神已经习以为常了，所以转换起来自然要耗时费力。这在我而言，与其说仅仅是人称的变化，不如说得夸张些，更接近于视点的变更。

我好像属于那种不管是什么事情，要改变它的推进方式，总得耗费许多时间的性格。比如说给登场人物起个名字，我都会思考许久也起不好。像"鼠"啦"杰"啦这类绰号倒罢了，但正儿八经的名字却怎么也起不好。为什么呢？您要是问我，我也不太清楚，只能回答："因为给别人起名字，我实在感到害羞。"我也说不好，就是觉得像我这样的人竟然随意赋予别人（哪怕是自己编造出来的虚构人物）姓名，"未免有些假惺惺"。或许从一开始，我就觉得写小说这种行为令人害羞。写起小说来，简直就像把心灵赤裸裸地曝露在睽睽众目之下，令我十分羞赧。

总算能给主要人物起名，按作品来说是始自《挪威的森林》（一九八七年）。就是说在此之前的最初八年里，我基本一直用无名无姓的登场人物，用第一人称来写小说。细想一想，这样写小说就等于一直在为难自己，硬把繁琐曲折的规则强加给自己。可当时却不以为意，满心以为本该这样，坚持了下来。

然而随着小说变得更长更复杂，出场人物再无名无姓的话，连我也感到束手束脚了。出场人物数目大增,而且还无名无姓,这样一来势必会产生混乱。于是我只得放弃坚持,横下心来,写《挪威的森林》时便断然实施了"起名作战"。虽然实属不易,但我还是闭眼咬牙,豁了出去。自此以后给出场人物起名,就不再是苦差事了。如今更是信手拈来,顺顺当当就能起个合适的名字。甚至还写了像《没有色彩的多崎作和他的巡礼之年》那样,主人公的姓名本身就成了书名的小说。《1Q84》也是,从女主人公被赋予"青豆"这个名字的那一刻起,情节便像突然得到动力一般,朝前涌动起来。在这层意义上,名字成了小说中十分重要的因素。

就像这样,每当写新的小说时,我就设定一两个具体的目标,大多是技术性的、肉眼可见的目标,心想:"好了,这次来挑战一下!"我喜欢这样的写法。解决一个新课题,完成一桩此前做不到的事情,就有一种真实感,觉得自己作为作家又成长了那么一丁点儿,就好比一级一级地爬梯子。小说家的妙处就在于哪怕到了五六十岁,这样的发展和革新仍然可行,没有年龄的制约。如果是体育选手,大概就不可能这样了吧。

小说变成了第三人称,出场人物增加,他们各自有了姓名,故事的可能性便愈加膨胀开去。亦即是说可以让不同种类、不同色调、拥有种种意见和世界观的人物登场亮相,可以描写这些人之间多种多样的瓜葛和关系。而且最为美妙的,还是"自己几乎可以变成任何一个人"。在用第一人称写作时，也有过这种"几乎可以变成任何人"的感觉，不过改为第三人称后，选择范围一下子更宽广了。

使用第一人称写小说时，在多数情况下，我是把主人公（或是叙述者）"我"草草当成了"广义可能性的自己"。那虽然不是"真实的我"，但换个地点换个时间的话，自己说不定就会变成那副模样。如此这般地不断分枝，我也在不断分割着自己。并且把自己分割后再抛入故事性之中，来检验自己这个人，确认自己与他者（抑或与世界）的接触面。对最初那个时期的我来说，这种写法是相称的。而且我喜爱的小说多是用第一人称写成。

比如菲茨杰拉德的《了不起的盖茨比》也是第一人称小说。小说的主人公是杰伊·盖茨比，但叙述者却始终是一个叫尼克·卡拉韦的青年。我（尼克）与盖茨比之间的接触面在微妙又戏剧性地移动，菲茨杰拉德便通过这一点讲述着自己的生存状态。这种视角为故事赋予了深度。

然而通过尼克的视角来叙述故事，就意味着小说会受到现实的制约。因为在尼克的目光无法到达的地方，无论发生什么事情，都很难反映在小说里。菲茨杰拉德运用各种手法，来了场小说技巧的总动员，巧妙地化解了那些限制。这样当然饶有兴味，但是这种技术性的创意存在着界限。事实上，此后菲茨杰拉德再也没写过像《了不起的盖茨比》这种结构的长篇小说。

塞林格的《麦田里的守望者》也写得非常巧妙,是一部杰出的第一人称小说,不过他此后也没再发表写法相同的长篇小说。大约是由于结构上的制约,担心小说写法会变得"异曲同工"吧,我推测。而且他们这种判断恐怕是正确的。

如果以雷蒙德·钱德勒笔下的马洛系列为例,这种制约带来的"狭隘"反而会成为有效又亲密的固定程式,很好地发挥功能(我早期的"鼠的故事"或许有那么一点类似之处)。而在单部作品中,第一人称具有的制约壁垒,往往会渐渐变成让写作者气闷憋屈的东西。正因如此,我也针对第一人称小说的形式,从多种方向发力摇撼它,努力开辟新的疆域,然而到了《奇鸟行状录》的时候,终于深深感到:"这就差不多是极限啦。"

《海边的卡夫卡》中有一半导入了第三人称,最让我长舒一口气的,是与主人公卡夫卡的故事并行,中田(一位奇怪的老人)和星野(一位稍嫌粗暴的卡车司机)的故事得以顺利展开。这样一来,我在分割自己的同时,还能把自己投影到他人身上。表达得更准确些,就是我能把分割的自己寄托到他人身上了。这样做之后,便有了更多搭配组合的可能性。故事也呈现出复合性分枝,可以朝着种种方向扩展开去。

可能有人要说:既然如此,早一点切换成第三人称岂不更好?那样岂不是进步得更快吗?实际上可没有那么简单。虽然与我性格上不太懂得变通有关,但想更换小说的观点,就势必动手改造小说的构造，为了完成这种变革，就要有可靠的小说技巧和基础体力，因此只能审时度势、循序渐进。拿身体来说，就好比是顺应运动目的去逐步改造骨骼和肌肉。改造肉体可是既费功夫又花时间。

总而言之，进入二〇〇〇年后，我得到第三人称这个新的载体，从而踏入了小说的新领域。那里有巨大的开放感，纵目四望，发现墙壁不见了。就是这样一种感觉。

无须多言，所谓角色，在小说中是极其重要的因素。小说家必须把具有现实意味，同时又兴味深长、言行中颇有不可预测之处的人物置于那部作品中心，抑或中心附近。一群人品一看就明白的人，说着满口一听就明白的话，做的全是一想就明白的事，这样的小说只怕没法吸引太多读者吧。当然，肯定会有人说："像这种用平平常常的手法，描写平平常常的事情的小说，才是好小说嘛。"不过我这个人（归根结底只是个人喜好）对这样的故事却提不起兴趣。

不过，比起"真实、有趣、某种程度的不可预测"，我想在小说角色方面，更重要的还是"这个人物能把故事向前牵引多少"。创造登场人物的固然是作者，可真正有生命的登场人物会在某一刻脱离作者之手，开始自己行动。不单单是我，众多虚构文学作家都承认这件事。如果没有这种现象发生，把小说写下去肯定会变成味同嚼蜡、艰辛难耐的苦差事。小说若是顺利地上了轨道，出场人物会自己行动起来，情节也会自然发展下去，结果便出现这种幸福的局面，小说家只需将眼前正在展开的场景原封不动地转化成文字便可。而且这种时候，那个角色还会牵着小说家的手，将他或她引领到事前未曾预想过的地方。

请允许我举出自己最近的小说来当具体的例子。我写的长篇小说《没有色彩的多崎作和他的巡礼之年》中，出现了一位非常出色的女子木元沙罗。说实话，刚开始写这部小说时，我本来是准备写成短篇小说的，按照预先设想，篇幅折算成稿纸大约在六十页。

简单说明一下情节。主人公多崎作出生于名古屋，高中时代，非常要好的四位同班同学向他宣布"从今以后再也不想见到你，再也不想跟你说话了"，却没说明理由，他也没有特意去问。后来他考进了东京的大学，在东京的铁路公司就职，现在已经三十六岁了。高中时代遭到友人绝交、甚至连理由都不给的事，在他心里留下了深深的伤痕。然而他把这件事藏在心底，在现实中过着安定的生活。工作上诸事顺利，周围的人们也对他十分友善，还和好几位恋人交往过，然而他却无法和别人缔结深层的精神联系。然后他与年长两岁的沙罗邂逅，两人成为恋人。

一个偶然的契机，他把高中时代遭到四位好友绝交的经历告诉了沙罗。沙罗略一沉吟，对他说：你必须立刻回到名古屋，查清楚十八年前到底发生了什么。"(你)不能只看自己愿意看的东西,而是要看不得不看的东西。"

说实话,在沙罗说出这番话之前,我想都没想过多崎作会去见那四个人。我本来打算写一个相对较短的故事:多崎作始终不知道自己的存在遭到否定的理由,只能安静而神秘地生活下去。然而由于沙罗这么一说(我只是把她对作说出的话依样画葫芦地转换成文字而已),我就不得不让他到名古屋去,最后甚至把他送到了芬兰。至于那四个人是什么样的人物?每个角色都得重新一一设计,而他们各自走过的人生之路也得具体地着手描写。结果,故事便理所当然地采用了长篇小说的体裁。

也就是说,沙罗脱口而出的一句话,几乎一瞬间便令这部小说的方向、性格、规模和结构为之一变。我对此也是大为惊诧。细想起来,其实她不是冲着主人公多崎作,而是冲着我这个作者说出这番话的。"你必须从这里接着写下去,因为你已经涉足这个领域,并且具备了这样的实力。"她说。换句话说,沙罗很可能也是我分身的投影,作为我意识的一个方面,提醒我不能停留在此刻驻足之地。"要写得更深入。"她说。在这层意义上,这部《没有色彩的多崎作和他的巡礼之年》对我来说,也许是一部拥有绝不容小觑的意义的作品。从形式上来说,这是一部"现实主义小说",但我自己则认为,这是一部在水面之下,种种事物错综复杂地交织,同时又隐喻地发展着的小说。

也许远远超过我意识到的，我小说中的角色们在敦促和激励身为作者的我，推着我的后背前行。这也是写《1Q84》时，我一边描写青豆的言行举止，一边强烈感受到的东西。她这是硬要把心中的某些东西（替我）铺展开去，我心想。不过回头反思，相比男性角色，我好像更容易受到女性角色的引领和驱策。连我自己也不清楚是怎么回事。

我想说的是，在某种意义上，小说家在创作小说的同时，自己的某些部分也被小说创作着。

时不时地，我会收到提问："你为什么不写以自己的同龄人为主人公的小说？"比如说我现在是六十五六岁，为什么不写那一代人的故事？为什么不讲述那些人的生活？那不是作家自然的行为吗？

不过我有点不太明白，为什么作家非得写自己的同龄人不可？为什么那才是"自然的行为"呢？前面说过，写小说让我感到无上快乐的事情之一，就是"只要愿意，我可以变成任何一个人"。既然如此，我为何非得放弃这个美妙的权利不可呢？

写《海边的卡夫卡》时，我刚刚五十出头，却把主人公设定为十五岁的少年。而且在写作期间，我感觉自己仿佛就是一个十五岁的少年。当然那与眼下的十五岁少年应当体会到的"感觉"不是一回事。归根结底，只是把我十五岁时的感觉凭空搬移了过来。然而我一边写小说，一边几乎分毫不差地把自己十五岁时呼吸过的空气、目睹过的光线，在心里活灵活现地再现出来。就是把长久以来一直藏在内心深处的感觉，利用文字的力量巧妙地拖曳出来了。该怎么说呢，真真是美妙的体验。这或许是只有小说家才能体味到的感觉。

不过，这种"美妙"只让我一个人享受的话，那作品就无以成立了。还必须把它相对化才行，也就是要把那种类似喜悦的东西打造成与读者共享的形式。为此，我让一位姓中田的六十多岁的"老人"登台亮相。中田在某种意义上也是我的分身、我的投影。他身上具有这样的因素。于是卡夫卡与中田先生并行、相互呼应，小说获得了健全的均衡。至少身为作者的我这样觉得，现在仍然有这种感觉。

也许有朝一日，我会写有同龄的主人公登场的小说。然而在眼下这个时间点，我并不认为这是"非做不可的事"。在我而言，首先有小说的灵感忽地涌上心头，然后故事才从那灵感中自然而然地扩张开去。一开始我就提到，小说中会有什么样的人物登场，那完全是由故事自己决定的，而非由我考虑和定夺。身为作家，我仅仅是一个忠实的笔录者，听从其指示亦步亦趋而已。

有时我可能化身为有同性恋倾向的二十岁女子，有时又可能变成三十岁的失业家庭主夫。我把脚伸进此时交给我的鞋子，让脚顺应鞋子的尺码，开始行动。仅此而已。不是让鞋子顺应脚的尺码,而是让脚去顺应鞋子的尺码。这在现实生活中是不可能的,但作为小说家工作得久了,自然而然就能做到。因为这是凭空虚构的,而所谓凭空虚构,就如同梦中发生的事件一样。所谓梦——不管它是在睡觉时做的梦,还是在清醒时做的梦——几乎都没有选择的余地。我只能跟随它顺流而下。只管自然而然地随之顺流而下,种种"大概不可能做到的事"就可能实现。这才是写小说这一行当极大的喜悦。

每当人家问"你为什么不写以同龄人为主人公的小说"时,我就很想这样回答他们。只不过说明起来太花时间,也很难让对方轻易地理解,所以每次我都随便敷衍过去,笑容可掬地答道:"是啊,没准哪一天我也会写呢。"

让不让同龄人出场另作别论,以一般的意义而言,要客观而准确地认清"此时此地的自己",可是一件颇为艰难的事情。眼下这个现在进行时的自己,可是相当难以把握的东西哟。或许正因如此,我才把脚塞进本不属于自己的各种尺码的鞋子,来综合地检验此时此地的自己,就像用三角法来测定位置一样。

总之,关于小说的登场人物,我要学习的东西看来还有许许多多。与此同时,从自己小说里出场的人物身上,我要学习的东西看来也有许多。今后我打算让形形色色的古怪奇妙、多姿多彩的角色在小说中登场亮相、生存下去。每当开始写新的小说,我总是十分兴奋地想:这下又能和什么样的人见面呢?

第十章

为谁写作？

在采访中，有人会问我："村上先生您写小说时，心中设想的是什么样的读者呢？"每次我都颇感困惑，不知道该如何回答。因为我本来就没有专门为了谁写小说的意识，现在也仍然没有。

为自己而写，我觉得这在某种意义上倒是真话。尤其是深更半夜在厨房餐桌边写第一部小说《且听风吟》时，我压根儿没想到它会进入一般读者的视野——真的。大体说来，我仅仅是意识到自己会"变得心情舒畅"而写小说的。把一些存在于心中的意象，运用自己称心满意、妥帖得当的词句描述出来，再把这些词句巧妙地搭配起来，化为文章的形式……脑袋里全是这种东西。总而言之，会有什么样的人来读这本小说（似的东西）？这些人究竟会不会对我写的东西产生共鸣？这其中隐含着什么样的文学信息？像这类麻烦的问题根本就没有力气去思考，而且也没有思考的必要。毫不拖泥带水，或者说非常单纯。

而且其中大概还有"自我疗愈"的意义。因为一切创作行为中或多或少都包含着修正自我的意图。通过将自己相对化，也就是将自己的灵魂嵌入和现在不同的外形，去消解或升华生存过程中难以避免的种种矛盾、错位与扭曲。而且顺利的话，还要与读者共同分享这种作用。我并没有具体地意识到这一点，但那时心中或许在本能地寻求这种自我净化作用，所以才极其自然地想写小说。

然而那部作品获得了文艺杂志新人奖，成书出版后卖得还算不错，成了话题，我姑且算是站到了名为"小说家"的位置上，也不得不硬着头皮意识到"读者"的存在。毕竟自己写的东西变成了书摆在书店的货架上，而且我的名字被堂而皇之地印上了封面，让不少人拿在手中翻看，因此写起来免不了有点神经紧张。话虽如此，我却觉得"为了自己享受而写作"的姿态并没有太大的变化。只要自己写得心情愉悦，想必也同样有读者读起来感到开心吧。人数或许不会太多，但那也无所谓，是不是？假如与这些人心心相通，也算是如愿以偿了吧？

继《且听风吟》之后，《1973年的弹子球》及短篇小说集《去中国的小船》《袋鼠佳日》这些作品，大多是以这种自然而乐观的，抑或说十分轻松的姿态写成的。当时我还拥有一份职业（本职），靠那份收入生活得还算可以。小说嘛，说来不过是当作"业余爱好"，在闲下来的时候写写而已。

有一位声名显赫的文艺批评家（已经过世了），曾严厉批评我的第一本小说《且听风吟》："如果诸位以为这种水平的东西就是文学，那可就令人尴尬了。"看到这条评论，我老老实实地以为："嗯，大概也会有这样的意见吧。"尽管受到如此评价，倒也没有心生反感，更没有怒火中烧。此人与我对所谓"文学"的理解，应该从一开始就截然不同。一部小说思想上如何啦，社会作用如何啦，是先锋还是后卫啦，是否属于纯文学啦，这种问题我压根儿就没考虑过。我是从类似"只要写起来开心不就得了嘛"的姿态开始写作的，彼此从根源上就产生了分歧。《且听风吟》里，虚构了一位叫德雷克·哈特费尔德的作家，他有一部题为《心情愉悦有何不好》的小说，那正是当时盘踞在我大脑正中央的想法。心情愉悦有何不好？

如今想想，那真是一个单纯或者说十分粗暴的想法，不过当时我还很年轻（三十岁刚出头），再加上刚刚经历过学生运动的浪潮，因为这样一种时代背景，反抗精神不免有些旺盛，因此还维持着那种堪称"反命题"式的责无旁贷的姿态，喜欢顶撞权威、反抗权势。尽管不无狂妄自大、稚气十足之处，但回首往事，我觉得从结果来看却是好事。

这样的姿态徐徐呈现出变化，是始于写《寻羊冒险记》（一九八二年）的时候。我心中也大致明白，就这么一成不变地死守着"心情愉悦有何不好"的写法，作为职业作家只怕终将钻进死胡同。就算读者眼下把这种小说风格视为"崭新的东西"，表示理解和喜欢，但如果叫人家整天读一模一样的东西，用不了多久就会感到腻烦。"哟，又是这玩意儿。"注定会变成这种状态。当然，连身为作者的我也会感到腻烦的。

况且我并不是想写这种风格的小说才写的，只是还不具备足够的写作技巧去正面叫板和挑战长篇小说，姑且只能采取这种类似"装腔作势"的写法，才写这种类型的东西。碰巧这种"装腔作势"显得新奇又新鲜而已。可是对我来说，既然好不容易当上了小说家，当然想写写更深刻大气一点的小说。虽说是"更深刻大气"，但并不等于那种在文艺上毕恭毕敬的小说、那种显而易见属于主流的文学。我想写那种写起来让自己心情舒畅，同时又具有正面突破能力的小说。不单是把内心的意象零碎而生动地化为文字，还要把灵感和意识更加综合、更加立体地升华为文章——我渐渐开始这样想。

在那前一年，我读了村上龙的长篇小说《寄物柜里的婴孩》，十分佩服："写得真好！"然而那是只有村上龙才能写出来的作品。我还读过中上健次的几部长篇小说，也深感佩服。可那也是唯独中上先生才能写出来的东西。每一部都和我想写的不一样。理所当然，我只能自己去开拓独特的道路。只能将这些先行登台的作品中蕴含的力量作为具体例证放在心上，把只有我才能写出来的作品坚持写下去。

我为了回答这个命题，开始执笔写《寻羊冒险记》。我的基本构想是尽量不让现有的文体变得笨重，不损害"心情的愉悦"（换言之就是不被"纯文学"的装置俘虏），让小说本身变得深刻、厚重起来。为此就必须积极导入故事这个框架。在我看来，这一点非常明确。而如果把故事当作重点，工作起来势必费时耗日，不可能像以前那样，在"本职"工作之余利用闲暇就能完成了。所以开始写《寻羊冒险记》之前，我卖掉了一直经营的小店，成了一个所谓的职业作家。当时，相比写作，当然还是小店的收入更高，但我仍然横下心来决定牺牲它。因为我想把生活全都集中到小说上，把自己拥有的时间全部用在写小说上。说得稍稍夸张些，就是"破釜沉舟"，无法再走回头路了。

周围的人几乎全体反对："还是别这样贸然行事呀。"小店的生意大有起色，正逐渐兴隆起来，收入也稳定下来了，此刻转手岂不太可惜。不如将小店托付给别人经营，自己去写小说，岂不更好？想必大家都不认为我单靠写小说能吃饱饭吧。不过我没有犹豫不决。我一直有一种脾气："做一件事，倘若不全力以赴、一拼到底，便心情不爽。"性格使然，大概没法"把小店随便托付给别人"。这是人生的紧要关头，得当机立断、痛下决心。哪怕一次也行，总之我想拼尽全力试试写小说，如果不成功，那也没办法，从头再来不就行了。我卖掉了小店，为了能全神贯注地写作长篇小说，搬出东京的住所，远远离开都市，过起了早睡早起的生活。又为了维持体力坚持每天跑步。就这样，我毅然决然地彻底改变了自己的生活。

或许就是从那时开始,我不得不清晰地意识到读者的存在了。不过那具体是怎样的读者,我却没有多想,因为也没有冥思苦想的必要。那时候我正三十出头,不管怎么想,看我写的东西的不外乎同龄人,要不就是更年轻的一代,也就是"年轻男女们"。当时的我是一个"新进青年作家"(用这样的词叫人有点难为情),支持我作品的显然是年轻一代的读者。至于他们是怎样的人、心里在想些什么,我无须去冥思苦想。身为作者的我与读者理所当然般合而为一。回首当日,那段时期大概是我这个作者与读者之间的"蜜月期"吧。

《寻羊冒险记》由于种种原因,受到了刊载的杂志《群像》编辑部相当的冷遇(我记得是这样),但幸运的是得到了众多读者的支持,评价也很高,书远比预想中畅销。换句话说,我作为职业作家,算是顺利地迈出了第一步,并且有一种明确的感觉:"我要做的事情,在方向上没有错!"在这层意义上,对身为长篇小说作家的我来说,《寻羊冒险记》才是实质上的出发点。

自那以来岁月流逝,我已经六十过半,来到了距离新进青年作家的境界十分遥远的地方。尽管并没有规划过什么,但随着时间的流逝,人的年龄会自然而然地增加(没办法啊),而阅读我作品的读者阶层,也随着岁月流逝发生了变化。或者说是理所当然地发生了变化。只是假如有人问我:"那么,现在阅读你作品的是些什么样的人呢?"我却只能回答:"哎呀,我一无所知。"当真是一无所知。

有许多读者写信给我,此外我也有机会和几位读者见过面。然而这些人无论是年龄、性别还是居住区域,都千奇百异各不相同,因此我的书主要是哪些人在阅读,脑海中还真的涌现不出具体的形象。我自己不甚了解,出版社的营销人员只怕也不太清楚吧。除了男女比例大约各占一半、女读者中美貌的居多(这并非谎言)之外,看不出其他的共同特征。从前有种倾向,好像在城市里卖得不错,在地方上却销路欠佳,但现在没有如此鲜明的地域差异了。

那么,你是在对读者形象毫不知情的状态下写小说啰?看来有人要这么问我。不过细想一想,没准还真是这样。我脑海里并没有浮现出具体的读者形象。

据我所知,好像多数作家都会与读者一起成长。也就是说,如果作者上了年纪,一般而言,读者的年龄也会随之增长上去。所以作者与读者的年龄彼此重叠的情况比较多见。这要说好懂的话,的确也挺好懂的。如果是这样,写小说时当然会在心中设想大致与自己同龄的读者。但我的情况似乎并非如此。

此外也有一种小说类型,从一开始就将特定的年代和阶层设为目标。比如说青春小说是以十几岁的少男少女,浪漫小说是以二三十岁的女性，历史小说和时代小说则是以中老年男性为目标读者来写。这也容易理解。不过，我写的小说与这些也略有不同。

说到底，兜了整整一个大圈子，话又回到了原处：我的书究竟是哪些人在阅读，对此我是一头雾水，于是就成了："既然如此，就只能为了自己高兴而写啰。"这是否该说是回归原点呢？真有点不可思议。

只是，我在成为作家、定期出书之后，学到一个刻骨铭心的教训："不管你写什么、怎么写，最终都难免被人家说三道四。"比如说写个长篇小说，就会有人说："太长了，显得冗繁，只要一半分量就足够把故事写完了。"诸如此类。写个短一些的，又有人说："内容肤浅，漏洞百出，明显偷工减料。"同一部小说在这个地方被说成"重复相同的故事，陈旧老套，枯燥无味"，可换个地方又被说成"还是前一部作品好，新的手法白忙活了"。想一想，其实从二十五年前开始，我就一直被人家说到今天："村上落后于当今的时代，他已经完蛋了。"吹毛求疵大概很简单，反正只管信口开河就行，又不用承担具体责任，而被吹毛求疵的一方想一样样去搭理的话，身子根本吃不消。于是自然而然地变成了"随它去吧，反正都会被人家说坏话，干脆自己想写啥就写啥、想怎么写就怎么写"。

瑞奇·尼尔森晚年的歌曲中有一首《花园酒会》，其中有这么两句歌词：

假如不能让所有的人都开心

不就只能自己一人开心了吗

这种心情我也非常理解。就算想让所有的人都开心，在现实生活中也是不可能的，只会自己白忙活而已。索性一不做二不休，只管按照自己喜欢的方式，做自己最享受的、"最想去做"的事情便可。这样一来，即使评价欠佳，书的销路不好，也可以心安理得了："嗯，没关系，至少我自己是享受过啦。"

爵士钢琴手塞隆尼斯·蒙克也这样说过：

"我想说的是，你就按照自己喜欢的样子演奏便好。至于世间要求什么，那种事情不必考虑。按你喜欢的方式演奏，让世间理解你做的事情就行，哪怕花上十五年、二十年。"

当然，并非只要自己享受了，就能成为杰出的艺术作品。不用多说，其中需要严苛的自我相对化。身为一个职业人士，也应该有最低限度的支持者。然而只要在某种程度上克服这些，"享受过程"和"心安理得"或许就将成为至关重要的准绳。须知做着不开心的事活在世上，人生未免太不快活了，您说是不是？心情愉悦有何不好——莫非又要回到这个出发点吗？

尽管如此，如果有人正色问我："你写小说时脑袋里当真只想着自己吗？"那么连我也会回答："不，当然没那种事儿。"前面说过，我是一名职业作家，要始终把读者放在心中从事写作。忘记读者的存在——就算心里想忘记——是不可能的，而且是不恰当的做法。

然而虽说将读者放在心中，也不会像企业开发商品时那样，去做市场调查、进行消费阶层分析、设定具体的目标顾客等等。我脑海里浮现出来的，归根结底还是"空想的人物"。那个人既没有年龄，也没有职业和性别。当然他在实际生活中可能拥有这一切，但这些都是可以替换的东西。总之，我是说这类东西并不是重要因素。重要的是我与那个人彼此密切相连，这个事实必须是不可替换的。是在哪里如何相连的，我不知其详。不过我有一种感觉，在遥远的底部、黑暗的去处，我的根与那个人的根紧紧连在一起。那地方太深太黑，无法随意前往打探情势，但通过故事这个体系，我们可以感受到这种联结，有一种养分正在彼此间流动的真实感。

不过，我和那个人即便在后街小巷擦肩而过，在电车上比邻而坐，在超市收银台边前后排队，也（几乎）不会察觉到彼此的根紧紧相连。我们互不相识，仅仅是偶然相遇，在毫不知情的情况下各奔东西，从此只怕再也无缘重逢。然而实际上，我们在地下穿透了日常生活这坚硬的表层，"小说式地"密切相连。我们在内心深处拥有共通的故事。我设想的大致就是这样的读者。我希望能让这样的读者尽情享受阅读、有所感悟，而日日写着小说。

与之相比，身边那些现实人物却相当棘手。每次我写新书，总是既有人喜欢，也有人不喜欢。哪怕没有明确说出意见和感想，可这种事儿只要看看他们的脸色就知道了。这是理所当然的，因为每个人都有自己的口味偏好。任凭我如何奋斗，就像瑞奇·尼尔森唱的那样，也"不能让所有的人都开心"。看到身边人的这种个别反应，对写作者来说也是相当折磨神经的。这种时候，我就简单地亮出底牌："果然只能自己享受，是吧？"我根据不同情况，适当地区别运用这两种姿态。这是我在多年的作家生涯中学到的招数，或者说生存的智慧。

最让我开心的事情，就是不同年代的人似乎都在阅读我的小说。"我们一家三代都读村上先生您的书"，我时常收到这样的来信。奶奶在读（她说不定就是我从前的"年轻读者"），妈妈在读，儿子在读，他妹妹也在读……类似的情形好像处处可见。听到这样的话，我自然心情舒畅。一本书在同一个屋檐下被好几个人轮流阅读，说明那本书在焕发着生命力。当然，五个人各买一本的话，更有助于销量的增长，出版社也许会感激不尽，但是对作者而言，一本书被五个人视若珍宝地传阅，老实说更让人高兴。

不仅如此，还有从前的同班同学打电话来，说了这样一番话：

"我念高中的儿子把你那些书统统都看过啦。我常跟儿子一起谈论你的书呢。平时父子之间几乎没话可说，可一谈起你的书来，两个人倒谈得挺热闹。"也有过这样的事情。听他的语气，似乎有些欣慰。是吗？我的书也对世间起着点小小的作用嘛，我暗想。至少有助于父子间的交流，这难道不是不容小觑的功绩吗？尽管我没有孩子，但如果别人家的孩子兴高采烈地读我的书，并生出共鸣来，那么虽然微不足道，我也算是为下一代留下一点东西了。

只是谈到现实，却不妨说我和各位读者几乎没有直接联系。我基本不在公共场合亮相，也很少在媒体上露面。主动上电视和广播的情况一次也没有（非我本意，被人家自作主张地播出来，这样的情况倒有几次），也基本不举办签名会。常常有人问为什么，那是因为我说到底是一个职业作家，最擅长的是写小说，想尽可能地把力气都倾注在这件事上。人生苦短，手头拥有的时间也好精力也罢，都极为有限，我不愿被本职以外的事情占去太多时间。只不过一年大概有那么一次，在外国进行一场演讲、做一次朗读或者开场签名会。因为我觉得身为日本作家，这是一项职责，在某种程度上非做不可。关于这些，我想以后有机会再细谈。

不过迄今为止，倒是在互联网上开设过几次主页。每次都是限定时间运营数周，却收到许多电子邮件。我原则上是所有的邮件都要过目。内容太长的话，就只得一目十行匆匆读完，但总之发来的邮件无一遗漏，全都看过。

还给大约十分之一的来信写了回信。或回答提问，或帮人出出主意，或针对留言写一点感想……从轻松的短评到相对正式的长篇回复，邮件来来往往，内容各式各样。在此期间（有时长达数月）几乎不插入别的工作，拼命地写回信，可是接到回信的人好像多数都不相信是我本人写的，还以为是别人代写。演艺界人士在回复粉丝来信时，似乎有很多代笔的先例，他们大概以为我也是这样。尽管我在主页上已经表明"回信的确全部是我自己写的"，好像也很难让他们照单全信。

尤其是年轻女孩子，正欢天喜地地说："村上先生给我回信啦。"男朋友便兜头一盆冷水泼上来："你这个傻瓜。这玩意儿怎么可能是他一份份亲手写的？村上他忙得很呢。一定是别人代写的，只是对外宣称是他自己写的罢了。"这种情况好像有不少。我虽然不了解，但世上疑心重的人还真多呢——难道当真有很多骗子？不过，我真的自己动手拼命写回信来着。我自以为回复邮件的速度很快，但毕竟数量太多，仍旧是一件吃力的苦差事。然而做起来很有趣，还可以学到不少东西。

于是，通过与现实中的读者交换信息，我领会到一件事："这些人作为一个整体，正确地理解了我的作品。"具体去看一位位读者，会发现他们时而也有误解或过虑之处，也有"这岂不是解读错误"的地方（对不起啦）。就算自称是我的"狂热读者"的人们，如果单拿一部部作品来说，则既会有赞赏也会有批判，既会有共鸣也会有排斥。单独阅读寄来的一条条意见，会觉得它们似乎乱七八糟、毫无关联，然而退后几步，在稍稍离开一些的地方纵览整体，便有种真实感："这些人作为一个整体，非常准确而深刻地理解了我，或者说我写的小说。"虽然个别有细微的出入，但如果将这些全部扣除、平均一下，最终会准确无误地在该稳定下来的地方稳定下来。

"嗯，原来如此，是这么回事啊。"我当时想，仿佛山尖上笼罩的云雾倏然散尽一般。能获得这样的认识，对我来说是一种难得的体验。应该称之为网络体验吗？但由于实在是繁重的劳动，同样的事我大概无力再做一次了。

我前面说过是把"空想的读者"放在心中从事写作的，我想它与"读者整体"差不多是同义。整体这个意象过于庞大，无法完全收纳到大脑内，因而暂且将它凝缩进"空想的读者"这个单一个体之中。

走进日本的书店，常常发现男作家和女作家被分成不同的专柜。而在国外的书店里，似乎很少见到这样的区别。可能也有，但至少目前没看到过。于是，我反复琢磨：为什么要按照男女区分呢？也许是因为女读者大多读女作家写的书，而男读者大多读男作家写的书，就变成了这样的情形："索性图个方便，从一开始就把柜台分开得啦。"仔细一想，我自己也是，比起女作家的书来，男作家的书似乎读得稍微要多那么一点。但那并非"因为是男作家的书才读"，只是纯属巧合，女作家中当然也有很多我喜欢的人。比如说外国作家里，简·奥斯汀啦，卡森·麦卡勒斯啦，我都非常喜欢，她们的作品统统读过。也很喜欢艾丽丝·门罗，还翻译过好几本格蕾丝·佩雷的作品。因此觉得简单粗暴地把男作家和女作家的书架分开有点叫人困惑——这么一来，只会愈发加深被阅读的书籍的性别分离程度。不过就算我提了意见，社会上也不会洗耳恭听吧。

刚才我也提到过一句，就个人而言，我的小说读者男女比例似乎大体相同。虽然并未经过正式调查、做过数据统计，可迄今为止多次与真实的读者见面交谈，加上刚才也说过，还曾有邮件往来，所以有种真实的感受："嗯，大概是男女参半吧。"在日本如此，在外国好像也是如此，恰好保持平衡。虽然不知道为什么会这样，但我单纯地觉得是一件值得高兴的事。世界上的人口大致男女参半，而书的读者也是男女各占一半，应该是既自然又健全的吧。

和年轻的女读者交谈时，她们偶尔会问我："村上先生，您（明明是一个六十多岁的男人）怎么那么了解年轻女性的内心呢？"（当然，大概也有很多人不这么看，我姑且把它作为一则读者意见公之于众，对不起。）说真心话，我从不认为自己懂得年轻女性的内心,听人这么一说,可吓了一跳。这种时候,我总是回答:"大概是我在写故事的时候,一门心思想变成那个出场人物,所以自然慢慢理解了那个人在感受和思考些什么,又是如何感受和思考的。这当然是指小说式的。"

就是说,在小说这样的设定中操纵角色、让角色动起来的时候,在一定程度上对这些是有所理解的,然而与"了解现实中的年轻女性"还是有所不同。一旦涉及活生生的人,该说十分遗憾吧,我也难以透彻地理解她们。但如果现实中的年轻女性(至少是一部分)能享受我(一个六十多岁的大叔)写的小说,一边与其中出现的人物共鸣一边阅读,对我来说当然是无比高兴的事。说实在的,这样的事能发生,我觉得几乎是奇迹。

当然,这世上可以既有面向男读者的书,也有面向女读者的书。这种东西也是必要的。不过,我写的书如果能不分男女、一视同仁地鼓动读者的心该有多好。倘若恋人、男女群体,或者夫妇、亲子之间能围绕我的书热心谈论的话,那真是最令人喜悦的事情。因为我常常在想,小说这东西,故事这东西,能抚慰男女之间、世代之间的对立,以及其他种种陈规旧俗的对立,起到缓和其锋芒的作用。不用说,这是一种非常美妙的功能。我一直在偷偷地祈祷,希望自己写的小说在世界上担当起这种积极正面的角色,哪怕是一丁点儿也好。

用一句话来表达（因为太过直白，说出口来让人害羞），我由衷地感到，自我出道以来，就一贯得天独厚，得到读者的关照。又要旧话重提了：在评论方面，我长年以来被置于十分严苛的境地。就连为我出书的出版社里，比起支持我写的东西的编辑，持批判立场的编辑似乎也更多。又是这样啦，又是那样啦，经常听到严厉的话，受到冷遇。甚至让我有顶着迎面而来的逆风（尽管时强时弱，不同时期各不相同），孤身一人默默工作的感觉。

尽管如此，我还能不气馁不消沉（虽然偶尔有些吃力），大概是因为我的书始终有读者紧紧相随的缘故。而且那还是（自己说出来可能有点那个）品质相当高的读者。比如说不是读完后说一声"啊，太好玩啦"，便随手将书撂到一边了事，而是认真思考"这本书为什么有趣"，以这样的读者居多。其中一部分人（为数绝不算少）还会把同一本书重新再读一遍。有的人甚至在长达几十年间读上一遍又一遍。还有人把书借给气味相投的朋友，相互交流意见和感想，力图用种种方法立体地理解故事，或者确认那共鸣的存在。我从许多读者口中听到过这样的话，每次都不禁生出深深的感谢之情。因为这样的情形对于作者来说，正是理想的读者形式——我自己年轻时就是这样读书的。

而且我颇为自豪的，是这三十五年间每出一本书，读者人数就会稳步增加。当然《挪威的森林》曾经压倒性地畅销一时，但除了这种人数上时有波动的"浮动层"读者，期盼着我的新书面世、一上市便买回去读的"基础层"读者,看来也在不断扎扎实实地累加。从数字上看是这样,从实际感受上也能清晰地发现这一点。这种倾向不单出现在日本,还确凿无疑地扩展到了国外。有趣的是,无论是日本还是海外的读者,现在他们的读法似乎大致是相同的。

换言之,我与读者之间维系着一条粗而直的管道,通过它直接交流信息。也许可以说是我耗费时日,构筑起了这样一个体系。这是一个不(怎么)需要媒体和文艺界这类"中介者"的体系,最需要的是作者与读者之间自然形成的"信赖感"。如果没有让多数读者觉得"村上出的书,不妨买回去看看,总不至于吃亏啰"的信赖关系,就算有多粗的直通管道维系着,这种体系的运转只怕也难以为继。

从前我与作家约翰·欧文私下见面时,他提到与读者的关系,对我说过一段有趣的话:"我说啊,对作家而言最重要的,就是要 hit the main line,尽管这句话不太好听。"所谓 hit the main line 是美国俚语,意思是往静脉里注射毒品,总之就是让对方上瘾,建立起一种想切割也切割不断的关系,让对方迫不及待地盼望下一次注射。这个比喻非常通俗易懂,然而意象却相当地反社会,因此我使用"直通管道"这个更稳妥的说法,不过嘛,想表达的内容却大体相同。作者与读者之间直接进行私人交易——"大哥,你看怎么样?有好东西哦。"——这种实实在在的亲密感将变成不可或缺的东西。

常常收到来自读者的有趣的信，类似这种内容："读了村上先生您的新书，感到好失望。非常遗憾，我不太喜欢这本书。不过下一本书我一定会买的。请您加油！"老实说，我很喜欢这样的读者，觉得十分难得。因为这里面毫无疑问有一种"信赖的感觉"。我想，为了这些人，必须扎扎实实地写好下一本书，并发自内心地希望这本书能得到他或她的欢心。只不过"不可能让所有的人都开心"，所以实际会怎样，连我自己也不清楚。

第十一章

走出国门，新的疆域

我的作品被正式介绍到美国去，是二十世纪八十年代接近尾声的时候，由"讲谈社国际"（KI）翻译出版了英文版《寻羊冒险记》的精装本，被《纽约客》杂志选登了几篇短篇小说，这便是开端。当时，讲谈社在曼哈顿的中心地段拥有一处事务所，录用当地的编辑，十分积极地开展活动，意在正式开拓美国的出版事业。这家公司后来成了"讲谈社美国"（KA）。具体情况我不太了解，不过我猜测是讲谈社的子公司，属于当地法人。

一位叫埃尔默·卢克的华裔成为主力编辑，此外还有几位能干的当地员工，他们都是公关和营销方面的行家里手。社长是一位姓白井的先生，不太说日式的啰唆话，是那种放手让美国员工自由行动的人，因此公司气氛也相当自由奔放。美国员工非常热心地支持我的作品出版。我也在稍后搬到新泽西去住了，有事去纽约时，就顺便到位于百老汇的KA事务所去看看，跟他们亲昵地谈天说地。那氛围不太像日本的公司，倒更接近美国公司。全体员工都是地道的纽约人，一看就知道既活泼又能干，一起共事非常有趣。那时候的种种往事，对我来说是愉快的回忆。而我也刚刚步入四十岁，经历过种种趣谈逸事。至今还和他们当中的几位有亲密的交情。

也是托了阿尔弗雷德·伯恩鲍姆新鲜译文的福，《寻羊冒险记》评价之高超出了预期，《纽约时报》也大加报道，约翰·厄普代克还善意地为我在《纽约客》上写了长篇评论，不过我记得在营销上还远远没有取得成功。"讲谈社国际"这家出版社在美国算是新手，我自己也还寂寂无名，这样的书，书店是不会摆在好位置的。如果像现在这样有电子书和网购的话，说不定情况会好些，可那种东西的登场还遥遥无期。尽管在一定程度上成为一时的话题，却未能乘势而上与销售挂钩。这本《寻羊冒险记》后来由兰登书屋旗下的 Vintage 子公司推出了平装本，这一版倒是稳扎稳打，成了长销书。

继而推出了《世界尽头与冷酷仙境》和《舞！舞！舞！》，这两部作品同样受到好评，也算引起了大家的关注，不过从整体来说，还停留在"小众"的状态，仍然没有很好地与销售挂上钩。当时日本经济形势大好，甚至还出现了一本叫作《日本世界第一》的书，正处于所谓"勇往直前"的时代，然而却没有波及文化领域。同美国人交谈时，聊得最多的也是经济问题，文化很少作为话题引发热议。虽然坂本龙一和吉本芭娜娜当时已经名满天下了，但（姑且不论欧洲）至少在美国市场上还没有形成潮流，不足以让人们把目光积极投向日本文化。用个极端的说法，日本当时被看作一个"非常有钱却莫名其妙的国度"。当然也有人阅读川端、谷崎和三岛，高度评价日本文学，然而归根结底只是一小撮知识分子，大多是都市里"高雅的"读书人。

因此当我的几篇短篇小说卖给《纽约客》时，我非常高兴——对于长期爱读这本杂志的我来说，这简直是如同梦幻一般的事。遗憾的是没能顺势向前，更上一层楼。用火箭来比喻，就是初步推进的速度虽然很好，第二级推进器却失灵了。不过自那以来，虽然主编和责编几经更迭，我与《纽约客》杂志的友好关系却始终如一，这家杂志也成了我在美国有恃无恐的主场。他们好像格外喜欢我的作品风格（也许是符合他们的"公司风格"），和我签订了"专属作家合同"。后来我得知J.D.塞林格也签订了同样的合同，心里感到非常光荣。

《纽约客》最先刊登的是我的短篇小说《电视人》(1999/9/10)，自此以来的二十五年间，共有二十七部作品得到采用和刊登。《纽约客》编辑部对作品采用与否有严格的判断标准，不管对方是多么有名的作家，与编辑部的关系多么密切，只要（被断定）是不符合杂志社的基准和口味的作品，就会毫不客气地予以退稿。连塞林格的《祖伊》也曾因全体一致的判断一度被退稿，后来在主编威廉·肖恩的多方努力下才得以刊登。当然我的作品也多次遭受退稿。这种地方与日本的杂志大相径庭。然而一旦突破这道严格的难关，作品连续在《纽约客》上刊登，就能在美国开拓读者群，我的名字也逐渐被大家知晓。我觉得这居功至伟。

《纽约客》这家杂志拥有的威望和影响力之大，日本的杂志是很难想象的。在美国，即便某本小说在日本卖了一百万部、获得了"某某奖"，人家也只是"哦"上一声，便再无下文了。但仅仅说是在《纽约客》上刊登过几篇作品，人们的态度就会截然不同。有这么一种地标式的杂志存在的文化，真让人艳羡啊。我时常这么想。

"想在美国作为作家获得成功，就必须跟美国的代理签订合约、由美国的大出版社出书，否则非常困难。"在工作上结识的好几位美国人都这么忠告我。其实无须忠告，我自己也感到的确如此。至少当时就是这么一种情况。尽管觉得很对不起KA的诸位，我还是决定自己动"脚"去寻找代理和新的出版社。于是在纽约和几个人面谈之后，便决定由大代理公司ICM（International Creative Management）的阿曼达（通称宾奇）·厄本担任代理，出版社则委托兰登书屋旗下的克诺夫（主管是萨尼·梅塔），克诺夫的责任编辑是盖瑞·菲斯克琼。这三位在美国文艺界都是顶尖人物。如今想来颇有些诧异：这些人物居然会对我感兴趣！不过当时我也很拼命，根本没有余裕思考对方是何等了不起的大人物。总之就是托熟人找门路，与各种人面谈，然后挑选了我觉得可以信赖的人。

想起来，他们三人对我感兴趣好像有三个理由。第一个是我是雷蒙德·卡佛的译者，是将他的作品介绍到日本的人。他们三人分别是雷蒙德·卡佛的代理人、出版社代表、责任编辑。我想这绝非偶然，或许是已故的雷蒙德·卡佛在冥冥之中引导着我——当时他去世才不过四五年。

第二个是我的《挪威的森林》在日本卖了近两百万部（套），在美国也成了话题。即便在美国，两百万册对于文艺作品来说也是相当庞大的数字。拜其所赐，我的名字也多少为业界知晓。《挪威的森林》说来就成了寒暄时的名片代用品一般。

第三个是我已经开始在美国慢慢发表作品，作为一个新来者，"潜力"得到了青睐。尤其是《纽约客》杂志对我高度评价一事，我觉得影响巨大。继威廉·肖恩之后担任主编的"传奇编辑人"罗伯特·哥特列波不知何故似乎也对我颇为中意，亲自领着我参观公司的角角落落，这对我来说也是美好的回忆。直接负责我作品的责任编辑琳达·亚瑟也是一位极具魅力的女子，和我莫名地意气相投。虽然很久以前她就辞去了《纽约客》的工作，但我们至今仍交往甚密。回想起来，我在美国市场的发展或许就是由《纽约客》培养出来的。

从结果来看，我与这三位出版人（宾奇、梅塔、菲斯克琼）的合作，是事情得以顺利运作的重要因素。他们都是精明强干、热情洋溢的人，拥有广泛的人脉，在业界有确凿无疑的影响力。还有克诺夫的知名设计师奇普·基德，也从《象的消失》直到最新的《没有色彩的多崎作和他的巡礼之年》，为我所有的书担任装帧设计，获得了很高的评价。甚至还有人就是为了欣赏他的书籍装帧，等待着我的新作问世。受惠于这样的人才，也是一个重要的因素。

还有一个原因，恐怕是我从一开始就刻意将自己是"日本作家"的事束之高阁，与美国作家站在同一个擂台上。我自己寻觅译者，委托他们翻译，再亲自核对译文，然后将译成英文的稿件拿给代理，请她卖给出版社。如此一来，无论是代理还是出版社，都能按照对待美国作家的态度来对待我。也就是说，我不再是一个用外语写小说的外国作家，而是与美国作家站在同一个竞技场上，按照和他们相同的规则去竞技。我首先稳稳当当地设定了这样一个体系。

决定这么做，是因为与宾奇第一次见面时，她就直截了当地告诉我："我无法受理不能用英语阅读的作品。"她要自己阅读作品，判断其价值，然后再开始工作。自己阅读不了的作品就算拿到手里，也无法开启工作。作为一个代理，这应该说是理所当然的。所以我决定先准备好足以令人信服的英文译本。

日本和欧洲的出版界人士常常说这样的话："美国的出版社奉行商业主义，只关注销售业绩，不愿勤勤恳恳地培养作家。"虽然还说不上是反美情绪，却让人屡屡感受到对美式商业模式的反感（或缺乏好感）。的确，如果声称美国出版业根本没有这种情况，那当然是说谎。我就遇到过好几位美国作家，他们都抱怨说："无论是代理还是出版社，书卖得好的时候把你捧上天，一旦卖不动了就冷若冰霜。"确实有这一面，但也并非只有这一面。我曾多次亲眼目睹过代理和出版社不计眼前得失，对称心的作品和看好的作家倾注全力。在这种情况下，编辑个人的好恶和激情将发挥重要的作用。依我看，这种情形在世界上任何地方都大致相同吧。

依我所见，不论在什么国家，愿意从事出版工作、想当编辑的人原本都是爱书人。就算在美国，一心只想大把赚钱大把花钱的人，大概也不会来出版业就职。那些人不是去华尔街（金融业），就是去麦迪逊大街（广告业）了。特殊例子另当别论，出版社的薪水一般都算不上高薪，因此在那里工作的人多少都有一种自负、一种气概："我就是因为爱书，才从事这份工作的。"一旦有作品正合心意，就会不计得失，全心投入拼命工作。

我曾经在美国东部（新泽西和波士顿）住过一段时间，与宾奇、盖瑞和萨尼有些私交，关系亲密起来。大家分住异地，相隔遥远，但长年累月地一起共事，还是会时不时见面闲聊，一起吃饭。这种情况在哪个国家都一样。把一切托付给代理，几乎从不和责编见面，抛下一句"这个嘛，你们看着办好了"，这种全部推给人家的态度，会导致原本应该顺利运转的东西都转不动了。当然，假如作品有绝对的实力，那倒也无所谓。不过平心而论，我没有那般自信，再加上天生的秉性，不论什么事，"只要自己能做到，就尽量自己去做"，所以尽可能亲力亲为。在日本出道时曾经做过的事情，再到美国重新来一遍。四十几岁的人，竟又一次重新回归到"新人状态"。

我如此积极地开拓美国市场，很大原因就是此前在日本遇到过种种不太开心的事儿，让我切身感受到"就这样在日本拖拖沓沓地混日子，也不是办法"。当时正值所谓"泡沫经济时代"，要在日本作为一个写东西的人生活下去，也并非什么艰难的事。日本人口超过一亿，几乎全都能阅读日语，也就是说基础阅读人口相当多。再加上日本经济势头雄劲，令世人瞠目结舌，出版界也呈现出一片盛况。股票只升不降，房地产价格高涨，世间钱多得要溢出来，新杂志接连不断地创刊，杂志想要多少广告就有多少广告送上门来。作为写作的人，最不缺的就是稿约。当时还有许许多多"美味诱人的工作"。甚至曾经有过这样的约稿："这地球上不管什么地方，您想去哪儿就去哪儿，经费您想花多少就花多少，游记您想怎么写就怎么写。"还有一位素不相识的先生向我发出奢华的邀请："上次我在法国买了一座城堡，您在那儿住个一年半载，优哉游哉地写小说怎么样？"（这两个提案我都礼貌地拒绝了。）如今回想起来，那简直是个难以置信的时代。即使堪称小说家主食的小说销路欠佳，单凭这种美味诱人的"小菜"就足以生活下去了。

然而，对于眼看将年届四十（也就是处于作家至关重要的时期)的我来说，这却不是值得欢欣的环境。有个词儿叫"人心浮动"，就是这样，整个社会闹哄哄的，浮躁不安，开口三句离不开钱，根本不是能安心静坐、精打细磨地写长篇小说的氛围。待在这种地方，也许不知不觉就被宠坏了——这样的心情变得越来越强烈。我想把自己放进更紧张一点的环境中，开拓新的疆域，尝试新的可能性。我开始萌生出这样的念头，所以在八十年代后半期离开了日本，生活的中心转移到了外国。那是在《世界尽头与冷酷仙境》出版之后。

还有一点，在日本，针对我的作品和我个人的压力相当大。我的基本观点是："反正是有缺陷的人写的有缺陷的小说，不管人家说什么都无可奈何。"实际上也是从不介意、我行我素。但当时毕竟年轻气盛，听见这种批判，便屡屡感觉："这话说得岂不是太不公道了？"甚至连私生活领域也遭受践踏，家人也被无中生有颠倒黑白，还受到过人身攻击。为什么非得把话说到那个份上不可？我与其说心生不快，更多的是感到不可思议。

如今再回过头看看，我觉到那很可能是同时代的日本文学界人士（作家、评论家、编辑等）对挫折感的发泄，是"文艺界"对所谓主流派纯文学急速失去存在感与影响力的不满和郁闷。也就是说，范式转移正在眼前徐徐展开。然而在业界人士看来，这种堆芯熔毁式的文化状况是可悲可叹的，同时又是不能容忍的。许多人恐怕把我写的东西或我的存在看作"损害和破坏理想状态的元凶之一"，就像白细胞攻击病毒一般，试图加以排斥——我有这种感觉。我自己倒是在琢磨："如果能被我这种人破坏掉，只怕还是被破坏的一方有问题吧。"

"说来说去，村上春树写的东西，无非是外国文学的翻版，这种东西最多只能在日本通行。"时常有人说这样的话。我压根儿就不认为自己写的东西是什么"外国文学的翻版"，还自以为在积极追求和摸索日语这种工具的可能性。"既然这么说，那我何不去试一试，看看我的作品在外国究竟能不能通行。"老实说，也不是没有这种挑战的念头。我绝不是不服输的性格，却也有股倔劲儿，对无法信服的事情非要探究到底。

而且，如果能以外国为中心展开活动，也可以减少与日本这纠缠不清的文艺界发生关联的必要。不管人家说什么，置若罔闻就是了。对我来说，这也成了打算"去海外打拼一番"的重要原因。想起来，在日本国内遭到抨击，倒成了挺进海外的契机，也许被人诋毁反倒是一种幸运。无论在哪个世界都是如此，再没有比"捧杀"更可怕的东西了。

在外国出书最令我高兴的事，是有很多人（读者或评论家）说："总之村上的作品很有原创性，和别的作家写的小说都不一样。"不管给不给作品好评，认为"这个人的风格和其他作家截然不同"的意见还是占大多数，与在日本受到的评价大相径庭，这真令人欣慰。认定是原创，认定我有自己的风格，对我就是胜过一切的赞美。

然而，当我的作品开始在海外热卖，或者说当大家得知我的作品开始在海外热卖后，日本国内又有人说话了："村上春树的书在海外卖得好，是因为他的文章容易翻译，他的故事外国人也容易看得懂。"我稍稍有些惊愕："这么一来，不是和原先说的恰恰相反吗？"唉，真是没办法。只好相信这世上总有一些人，专会见风使舵，毫无根据地满口胡言。

大体说来，小说这东西是从内心世界自然而然喷涌出来的，并不是出于战略考虑，可以像走马灯似的改来改去的玩意儿，也不能先做点市场调查，再视其结果刻意改写内容。就算可以这样做，从如此肤浅之处产生的作品，也不可能获得众多的读者。纵然一时受到欢迎，这样的作品和作家也不会持久，大概无须多久就会被人们忘却。亚伯拉罕·林肯留下这样一句话："你能在某些时刻欺骗所有的人,也能在所有的时刻欺骗某些人,但不可能在所有的时刻欺骗所有的人。"我觉得这个说法同样适用于小说。这个世界上有很多要由时间来证明的事物,只能由时间来证明的事物。

言归正传。

由大型出版社克诺夫推出单行本,再由其子公司 Vintage 发售平装书,随着耗时费心地排兵布阵,我的作品在美国国内销量稳步上升。一有新作问世,就能稳稳地挤进波士顿和旧金山城市报纸的畅销书排行榜前几位。就是说,与日本的情况大抵相同,我的书一出版就买来看的读者阶层也在美国形成了。

于是二〇〇〇年之后,用作品来说就是从《海边的卡夫卡》(在美国于二〇〇五年出版)开始,我的新作在《纽约时报》全美畅销书单上崭露头角(虽然是从最末席起步),这意味着不仅仅在东海岸和西海岸那些自由倾向强烈的大都市,包括内陆区域,我的小说风格在全美范围内逐渐被大家接受。《1Q84》(二〇一一年)位列畅销书排行榜(虚构类·精装书)第二名,《没有色彩的多崎作和他的巡礼之年》(二〇一四年)位列第一。不过走到这一步,经历了十分漫长的岁月。并非一击必杀、华丽夺标,我感觉还是靠一部部作品稳步积累,最后终于巩固了地盘。与之相伴,平装版的旧作也开始活跃起来。一个理想的走势业已形成。

不过在最初阶段，相比美国国内的动向，我的作品在欧洲市场上发行量的增长更为醒目。将纽约置于海外出版的中枢，好像与欧洲销量的上升大有关系。这是我未曾预料到的发展。老实说，我没想到纽约这个中枢的意义竟如此之大。对我来说，只是因为"英语还能读通"这个理由，以及碰巧住在美国，姑且将美国设定为主场而已。

对亚洲以外的国家，我有这样的印象：首先星火燎原的是俄罗斯和东欧，然后徐徐西进，移至西欧。那是九十年代后半期的事。委实令我惊讶的是，我听说俄罗斯的畅销书排行榜前十位，曾有大约一半被我的书占据。

这说到底不过是个人的印象，如果要我拿出确凿的根据和例证来，那就让人为难了，不过查对历史年表回顾一番，我感觉可以在世界范围内看到一种倾向，当一个国家的社会基盘发生巨大动摇（或变革）之后，我的书就会在那里被广泛地阅读。我的书在俄罗斯和东欧地区开始热销，是在共产主义体制发生崩溃这一巨大的地盘变化之后。此前看似牢不可破的执政体制在一夜之间土崩瓦解，希望与不安杂糅交织的"柔软的混沌"一步步逼上前来。或许是在这种价值观转换的状态下，我提供的故事急速地带上了一种崭新而自然的现实感。

另外，阻断东西柏林的柏林墙戏剧性地倒塌，德意志成为一个统一国家后不久，我的小说在德国好像慢慢开始被人们阅读了。当然，这或许是偶然的巧合。然而我想，社会基盘和结构的巨变会对日常生活中的现实感产生强烈影响，人们追求改变是理所当然的，也是自然现象。现实社会的现实感与故事世界的现实感，在人们的灵魂之中（或者无意识之中）难免一脉相通。不管身处怎样的时代，当发生重大事件、社会现实出现巨大变化时，它就会像寻求佐证一般，要求故事的现实感发生变换。

故事原本就是作为现实的隐喻而存在的东西，人们为了追上周围不断变动的现实体系，或者说为了不被从中甩落下来，就需要把新的故事，即新的隐喻体系安置进自己的内心世界。他们需要将这两个体系（现实体系和隐喻体系）巧妙地连接起来，换言之，就是让主观世界和客观世界相互沟通、相互调整，才能勉强接受不确定的现实，保持头脑清醒。我小说中故事世界的现实感，可能碰巧作为这种调节的齿轮，发挥了全球性的功能——我不无这样的感觉。好像又在重复前言，这不过是我个人的感受，然而倒未必荒诞不经。

这么考虑的话，我甚至觉得与欧美社会相比，日本只怕在更早的阶段，就把这种总体性的滑坡当作不言自明的现象自然而然地察知了。因为我的小说比欧美更早，在日本得到了（至少是普通读者的）积极接受。在中国、韩国及台湾地区或许也是这样。除了日本以外，中国、韩国和台湾地区的读者们很早就开始（从我在美国和欧洲获得认可之前）积极地接受和阅读我的作品了。

说不定这些东亚国家和地区先于欧美，社会性的滑坡在人们中间就开始具有现实意义了。这并非欧美式的"发生某种事件"般的急剧社会变动，而是费时耗日、相对平缓的滑坡。也就是说，在追求急速增长的亚洲地区，社会性滑坡不是突发事件，在这四分之一个世纪中，或许是恒久的持续状态。

当然，如此简单地断言大概有点勉强，其中肯定还有种种因素。然而亚洲各国读者对我小说的反应，与欧美各国读者似乎可以看出不少差异，这也是确凿的事实。我想大部分可以归结于对"滑坡"的认识和应对上的差异。再多说一句，在日本与亚洲各国，理应先于后现代主义的"现代主义"，只怕在正确的意义上并不曾存在过。换句话说，主观世界和客观世界在逻辑上大概不如欧美那般泾渭分明。话题扩展到这一步未免太广，还是另找机会再说吧。

此外，能在欧美各国取得突破的重要原因之一，我想与遇到几位优秀的翻译家有莫大的关系。首先在八十年代中期，一位叫阿尔弗雷德·伯恩鲍姆的腼腆的美国青年找到了我，说是很喜欢我的作品，选译了几个短篇，问我可不可以。结果就变成"好呀，拜托啦"。这些译稿越聚越多，虽然费时耗日，但几年后却成了进军《纽约客》的契机。《寻羊冒险记》和《舞！舞！舞！》也是由阿尔弗雷德为讲谈社国际翻译的。阿尔弗雷德是位非常能干、热情洋溢的翻译家，如果不是他来找我、提起这个话题，那时我压根儿就想不到把自己的作品译成英文，因为我觉得自己远远没有达到那个水准。

之后，我受到普林斯顿大学的邀请前往美国居住，遇到了杰伊·鲁宾。他当时是华盛顿州立大学的教授，后来转到哈佛大学任教，是一位非常优秀的日本文学研究家，因翻译夏目漱石的几部作品闻名遐迩。他也对我的作品很感兴趣，对我说："可能的话想翻译一些，有机会就请招呼一声。"我便说："先译几篇你喜欢的短篇小说如何？"他选译了几篇作品，译得非常棒。我觉得最有趣的，是他和阿尔弗雷德选中的作品完全不同。二者不可思议地毫无冲突。我当时深深感觉到，拥有多位译者原来事关重大嘛。

杰伊·鲁宾作为翻译家是极具实力的，他翻译了我最新的长篇小说《奇鸟行状录》，使我在美国的地位变得相当稳固。简单地说，阿尔弗雷德相比之下译得自由奔放，杰伊·鲁宾则译得坚实，各自都有独自的韵味。不过那时候阿尔弗雷德的工作很忙，腾不出手来翻译长篇小说，因此杰伊适时出现，对我来说就像一场及时雨。而且像《奇鸟行状录》那样（与我的初期作品相比）构造相对致密的小说，我觉得还是杰伊这样逐字逐句准确翻译的译者更为合适。还有，让我满意的地方在于他的译文中有一种浑然天成的幽默感，绝非仅仅是准确又坚实而已。

另外还有菲利普·盖布里埃尔、泰德·戈森。他们两位都是翻译高手，也对我的小说很感兴趣。我和这两位也是从年轻时代就开始交往的老朋友了。他们最初都是说着"我很想翻译你的作品"或者"已经试译了几篇"，主动找上门来。这对我来说犹如天降甘霖。由于遇到他们，建立起私人的关系，我像是获得了来之不易的援军。我自己也是一个翻译者（英译日），所以对翻译者的辛苦与喜悦感同身受，因此尽可能与他们保持密切联系，如果他们有翻译方面的疑问，我总是欣然回复，并留意提供方便条件。

自己动手试试就明白，翻译这东西真是费神又棘手的工作。然而这不应该只是单方面费神的工作，必须有互惠互利的部分。对打算进军国外的作家来说，译者将成为最重要的伙伴。找到与自己气味相投的译者非常重要。哪怕是能力超群的译者，如果与文本或作者的性格不合，或是不适应那固有的韵味，也无法产生好结果，只会令彼此的精神负担越积越重。首先，如果没有对文本的热爱，翻译无非是一项烦人的"工作"罢了。

还有一点，其实可能用不着我来夸夸其谈，在外国，尤其在欧美，个人有至关重要的意义。不论什么事，随意交托给某人，说上一句"那好，接下来就拜托您啦"，这样是不可能一帆风顺的。在每个阶段都必须自己担起责任、勇下决断。这么做既耗时费力，还需要某种程度的语言能力。当然，基本事务会有代理帮忙处理，但他们也工作繁忙，老实说对还默默无名、没什么利益可言的作家也不可能照顾周到。所以，自己的事情在某种程度上还得由自己来照应。我也是，在日本还马马虎虎算得上小有名声，可在外国市场上刚起步时当然是个无名小卒。业内人士和部分读书人另当别论，普通美国人根本不知道我的名字，连音都读不准，管我叫"春上"。不过，这件事反而激发了我的热情，心里念叨：在这个尚未开拓的市场，从一张白纸开始究竟能做出多少事情来呢？反正先全力以赴再说。

刚才也提到过，留在景气沸腾的日本，作为写了《挪威的森林》的畅销书作家（自己来说有点那个），种种约稿接踵而至，要赚个钵满盆满也并非难事。然而我却想摆脱这样的环境，作为一介（几乎是）寂寂无名的作家、一个新人，看一下自己在日本以外的市场究竟能走多远。这对我来说成了个人的命题和目标。事到如今细细想来，将那样的目标当作旗号高高举起，于我而言其实是一件好事。要永远保持挑战新疆域的热情，因为这对从事创作的人至关重要。安居于一个位置、一个场所（比喻意义上的场所），创作激情的新鲜程度就会衰减，终至消失。也许我碰巧是在一个恰如其分的时间，把美好的目标和健全的野心掌握在了手中。

性格使然，我不善于装模作样地抛头露面，不过在国外也多多少少会接受采访，得了什么奖时也会出席颁奖礼，进行致词。朗读会也好，演讲之类也好，某种程度上也会接受。次数虽然不算多（我作为"不喜欢抛头露面的作家"好像名声在外，在海外也一样），也是尽了一己之力，尽量拓宽自身的格局，努力转过脸面对外界。虽然并没有多少会话能力，却留心尽量不通过翻译，用自己的语言表述自己的意见。不过在日本，除非特别的场合，我一般不这么做，因此时不时会受到责难："光在国外卖乖讨好！""双重标准！"

这倒不是辩解：我在海外努力公开露面，是因为有一种自觉，觉得必须时不时地站出来，尽一尽"日本作家的职责"。前面说过，泡沫经济时代我在海外生活，那时屡屡因为日本人"没有脸面"而感到失落、不是滋味。这种经历接二连三反反复复，我自然就会想，无论是为了在海外生活的众多日本人，还是为了自己，都必须改变这种状况，哪怕一丝一毫也好。我并不是一个特别爱国的人（反倒觉得世界主义的倾向更为强烈），不过一旦长住国外，不管你喜不喜欢，都必须意识到自己是个"日本作家"。周围的人会以这样的眼光看待我，连我也以这样的眼光看待自己，而且不知不觉还会生出"同胞意识"。想想真是不可思议，因为我分明是打算从日本这片土壤、这个僵固的框架中逃脱出来，作为所谓的"自我流放者"来到外国的，结果又不得不回归与原来那片土壤的关系。

如果被误解，可就尴尬了。我的意思并非指回归土壤本身，说到底是指回归与那片土壤的"关系"。其间有巨大的差异。时常看到有些人从国外回到日本后，该说是一种反弹吗，变得莫名地爱国（有时成了狭隘的民族主义）。可我并非这个意思。我只是说，对于自己身为日本作家的意义，以及这个身份的归属，变得更加深入地去思考了。

到目前为止，我的作品被译成了五十多种语言，我自负地以为这是非常大的成就，因为这直截了当地意味着我的作品在各种文化的种种坐标系中得到了肯定。作为作家，我对此感到高兴，也感到自豪，但并不认为"所以我坚持至今的事情就是正确的"，也不打算把这种话说出口来。那归那，这归这。我现在仍然是一个发展中的作家，还有（几乎是）无限的发展余地，或者说发展的可能。

那么，你认为哪里才有这种余地呢？

我认为这余地就在自己身上。首先，我在日本构筑起了作家的立足点，然后把目光转向海外，扩大了读者层面。今后我大概会走进自己的内心世界，在那里展开更深更远的探索。那里对我来说将成为新的未知的大地，恐怕也将是最后的疆域。

　　能否顺利地开拓这片疆域？我心里也没底。然而又要重复前言了：能把某个目标当作旗号高高地举起，总是一件非常美妙的事情。不问年龄几何，不问身处何地。

第十二章
有故事的地方·怀念河合隼雄先生

我很少称呼别人"某某先生",唯独对河合隼雄,每次都不知不觉就管他叫"河合先生",很少喊他"河合桑"。为什么会这样呢?我常常觉得不可思议。到了现在,仍旧会自然地称呼"河合先生"。

在我的印象中,河合先生把"河合隼雄"这个活生生的人,与"河合先生"这个具有社会使命的人物巧妙地分离开来,区别使用。我与河合先生曾经多次见面,亲切地聊过天,可对我来说,河合隼雄始终如一,就是"河合先生",这种姿态从未改变过。兴许他一旦回到家里,三下两下便将社会使命脱下来扔掉,仍旧变成那个名叫河合隼雄、街头巷尾随处可见的大叔。

只是我感觉,我与河合先生见面时,不管私底下关系何等亲密,彼此却从未脱去"小说家"和"心理治疗师"的戏装。这倒不是生分见外,恐怕只是彼此的处境使然,不得不完成各自的社会使命。在某种意义上,其中始终有种类似职业性的紧张感。不过那说起来倒是一种神清气爽的紧张，是内容充实的紧张。

所以，我打算仍旧维持那种心旷神怡的紧张感，继续称河合隼雄为"河合先生"。虽然我对随处可见的大叔河合桑也颇感兴趣，不过姑且这样吧。

我第一次见到河合先生，已经是二十多年前的事了。那时河合先生在普林斯顿大学当客座研究员，而我在普林斯顿大学待到他来的前一个学期，两人恰好失之交臂。我那时已前往波士顿近郊的塔夫茨大学，在那里教日本文学课。

因为在普林斯顿待过两年半，结交了许多好朋友，所以时不时开车去普林斯顿，就是在那里有了与河合先生相遇的机会。只是十分抱歉，河合先生是什么样的人物，我那时还不太了解。以前我几乎对心理疗法、精神分析这类东西毫无兴趣，河合先生的著作一本也没读过。我妻子是河合先生的粉丝，好像在热心地读先生写的书，但我们夫妻两人的书橱泾渭分明地一分为二，就仿佛从前的东西柏林一般，老死不相往来。所以在那之前，我完全不知道她在读河合先生的书。

不过，她极力游说我："他的书不是非读不可，但这个人你应该去见一见，肯定会有好事的。"于是我也觉得"既然如此的话"，便决定去拜访他。

她之所以说"他的书不是非读不可"，我猜大概是觉得小说家和创作者这类人尽量不去读分析类的书为好。我也基本赞成这个意见，因此（这话不宜外传）几乎没有读过河合先生的书，只读过先生写的一部荣格评传。顺便一提，卡尔·荣格的著作，我连一部都没有好好读过呢。

我想，小说家的职责只有一个，就是向公众提供尽可能优秀的文本。文本这东西是一个"总体"，用英语来说就是 whole。它好比是黑匣子，其职责说到底就是作为整个文本发挥作用。而文本的职责，便在于让每一位读者来咀嚼。读者有权随心所欲地处理它、咀嚼它。如果它在传递到读者手中前就被作者处理过、咀嚼过，那么文本的意义与有效性将大大受损。大概正因如此，我才有意始终远离荣格、远离河合先生的著作。或许在某种意义上，我发现感觉上有"距离过近"之处，才疏而远之。对小说家来说，没有比自己分析自己更不合时宜的事了。

总而言之，我在普林斯顿大学第一次见到了河合先生。两人交谈了大约三十分钟，初次见面的印象是"好一个寡言而阴沉的人"。最令我吃惊的是他的眼睛。该说是两眼发直吧，总觉得有些黯然无神、深不见底。这个说法也许不好，但我感到那绝非寻常人的眼睛。似乎颇为凝重，是隐含深意的眼睛。

我是一个小说家，观察人是我的工作。仔细观察，姑且做一番粗加工，但不作判断，一直留到必须要判断的时候再说。所以这次也一样，我没有对河合先生这个人作任何判断，仅仅将那双眼睛的奇妙模样作为一条信息留存在记忆里。

而且那一次，河合先生几乎没有主动开口，只是静静听我一个人说，也会有一搭没一搭地附和，似乎在眼眸深处思索着什么。我也不是个话多的人，因此与其说是谈话，不如说仿佛被沉默占去了更多的时间，他对此也是一副不以为意的模样。总之那是一次稍稍有些怪异的面谈，或者说会面。这件事我记忆犹新。尤其记得清清楚楚的是那奇异的眼光，真是难以忘怀。

不过到了第二天，再次见面时，一切都改变了。河合先生突然变得很快活，眉飞色舞，连珠炮似的说着笑话，表情也陡然变得明朗起来。那双眼睛宛如孩子的眼睛般明亮，清澈见底。几乎令人目瞪口呆：仅仅一夜，一个人就能发生如此巨大的变化吗？于是我恍然大悟："是啦，昨天这个人是有意把自己置于被动状态。"大约是抹杀自己，或者说让自己接近于无，试图将对方的"存在状态"自然地——比如说作为文本——原封不动吸噬进去。

明白这一点，是因为我也时不时做这样的事情。尽力屏息凝神，将对方的模样原原本本地接受下来，尤其在做采访时更是如此。这种时候集中心力聆听对方发言，抹杀自己心中意识流般的东西。做不到这样的切换，就不可能一丝不苟地听别人讲话。我在几年后撰写《地下》这本关于地铁沙林事件的书时，就持续了整整一年这样的工作，那时肃然想到："咦，这岂不是与河合先生当年所做的一样吗？"在这层意义上，河合先生的工作与我们所做的工作说不定有些相似的地方。

于是再次见面时，河合先生积极回应我的话，对我的提问也有问必答，交谈十分有趣。我想，可能是河合先生将模式由"接受"切换成了"交流"。从那以后，我们就平平常常地见面闲聊，海阔天空无话不谈。这大概说明我基本达到了河合先生的"基准"（好像有点恬不知耻）。我自以为是地这样理解。自此以后，河合先生会时不时地联系我："怎么样，一起吃个饭？"于是我便接受邀约，今天这里明天那里地相谈甚欢。每次交谈总是和和气气、十分愉快，当然，我从中获益匪浅。至于都说过些什么，具体内容几乎记不起来了。要是留下些记录就好了，可那都是把酒言欢，左耳进右耳出、边说边忘，没办法啊。我至今仍记忆犹新的，都是先生总不离口的那几个令人无语的俏皮段子，比如像这样的东西：

> 我担任"二十一世纪日本的构想"座谈会主席的时候，还是小渊总理的时代，前去出席过一次所谓的内阁会议。那一次，大概是有什么事吧，小渊先生迟到了。其他内阁成员都到齐了，正在房间里等着呢。"对不起，我迟到了，抱歉

抱歉。"只见他一面口中客气地道着歉，一面走进来。哎呀，做总理大臣的可真是伟人哪！我打心底佩服。他是用英语道着歉走进来的，嘴里念念有词：I'm sorry, I'm sorry。[①]

说起来有点那个，不过就类似这样，河合先生的俏皮段子还真是挺无聊的。就是所谓"贬义上的大叔笑话"。但我觉得，那原本就是要多无聊就有多无聊的东西，不然就没有了意义。我想那对于河合先生来说，恐怕就像"除魔"的行为。河合先生作为临床专家面对咨询者，很多情况下，得随着咨询者一起下降到灵魂黑暗的深处。这往往是伴随着危险的工作，弄不好就会迷失归途，一去不返，说不定从此便沉沦在深深的黑暗中。日复一日，他坚持着这种费力的本职工作。为了摆脱这种地方像线头一般紧紧缠上来的负面气息、恶的气息，就不得不满口说些无聊又没有意义的俏皮段子。每当我听到先生那些松散的段子，心中就会生出这样的感触。或许我过于与人为善了。

顺带一提，在我而言，"除魔"的方法就是跑步。算起来也坚持跑了大约三十年了，我觉得自己是通过每天出门跑步，把因为写小说而纠缠上来的"负面气息"摆脱干净的。我心下暗想：比起松散的俏皮段子，跑步起码还不至于让周围的人感到无力，

[①]日语中，"总理"一词与英语单词"sorry"发音相似。

岂不是为害较少吗？

刚才说过，我们虽然见面交谈，但说了些什么几乎都没记住。说实话，我现在觉得那可能都是些无关痛痒的话题。因为最重要的与其说是谈话的内容，不如说是我们在那里共同分享了某些东西，是这种"物理性的真实感"。我们分享了什么？以一句话来说，我想应该是故事这个概念。故事就是存在于人们灵魂深处的东西，也是理应存在于人们灵魂深处的东西。正因为它存在于灵魂的最深处，才能在根本上将人与人串联起来。我通过写小说，会日常性地下到那个地方去。河合先生则是作为临床专家面对咨询者，日常性地前往那里，或者说不得不去。我有一种感觉，河合先生和我可能是"临床性地"相互理解。尽管没有特意说出口，但彼此都心知肚明，就像凭借气味了然于心一般。当然，这可能只是我一个人想入非非。但我至今依然清晰地感受到，一定有过某种与之相近的共鸣。

能让我产生共鸣的对象，至那时为止除了河合先生，一个人也没有，说实话，现在仍旧是一个人也没有。近年来，"故事"一词常常被人说起，然而当年我说出"故事"这个词的时候，能将它毫厘不差地以正确的形态——我认定的形态——实实在在地予以综合理解的人，除了河合先生便再无他人了。而至关重要的事就在于，传出去的球是否被对方用双手牢牢地接住、能否毫无遗漏地得到理解，无须说明、无须理论，会清晰明确地反馈回来。这样一种感受，对我来说是无与伦比的乐事，它会成为至高的鼓励，让我切实地感到自己做的事情绝对没有错。

下面的话说出来可能会有些小小的问题。迄今为止，我在文学领域里从来没感到过可以与之匹敌的实实在在的鼓励。这对我来说是件有点遗憾的事，也是不可思议的事，当然还是一件伤心事。但唯其如此，河合先生才成了一位超越专业领域的卓越大度的人。

最后，我想为河合先生祈求冥福。我真心期盼先生能更加长寿，哪怕只多一点点，只多一天也好。

后 记

本书收录的一系列原稿是从什么时候开始写的，我已经记忆模糊了。想来大概是五六年前的事吧。很早以前，我就想对自己的小说写作、对自己作为小说家坚持写小说的状态作一番总结，说几句话。趁工作间隙，便分门别类，断断续续、点点滴滴地写了下来，积攒起来。也就是说，这些文章并非接下出版社的约稿而写出来的东西，而是从一开始就出于自发，不妨说是为自己而写的文章。

最初几章用的是平常的文体，就像我此时此刻正在写的文体，不过写完之后重读一遍，却发现该说是文章略显生涩不够流畅呢，还是有些郁结，总之没有巧妙地与心情融为一体。于是，我试着改用面对众人、与他们交谈般的文体去写，这才有了一种能较为流畅地写下去（讲下去）的感觉，心想既然如此的话，便试着以写演讲稿的感觉来统一文章。假定在一个小会场里，有大约三四十个人坐在面前，我尽量用亲密的口气与他们交谈。采用这种方式重新作了改写。实际上，我并没有在别人面前大声朗读这些演讲稿的机会（只有最后一章关于河合隼雄先生的文字，真的在京都大学的礼堂里，当着大约上千名观众的面做过演讲）。

为什么没有做过演讲呢？首先针对我自己，其次针对自己的小说写作，像这样堂而皇之地去高谈阔论，总让人有点不好意思。我有一种强烈的心情，就是不太愿意对自己的小说妄加说明。谈论自己的作品，难免容易自我排解、自我夸赞、自我辩护。就算没有那样的打算，结果有时"看起来"也像这么回事。

嗯，有朝一日可能会有面向世间谈一谈的机会，不过时机或许有些早。等年纪再大一点应该更好，我心想。便将它们扔进抽屉不再过问，并且时不时地拽出来，随处作些细微的修改。围绕着我的状况——个人状况和社会状况——会一点一滴发生变化，与之相应，我的思维方式和感受方式也将发生改变。在这层意义上，最初写的稿子同现在手头的稿子相比，或许氛围和基调都有了很大的不同。但这些另作别论，我的基本姿态与思维方式却几乎毫无变化。回想起来，我甚至感觉从当年出道时起，差不多一直在重复相同的事。重读三十多年前的发言，自己都惊讶："什么呀，这不是跟现在说的话一模一样嘛。"

因此在本书中，此前我曾以种种形式写过和讲过的东西（就算点点滴滴地做了些改头换面）可能会再度重复。说不定许多读者会觉得："咦，这玩意儿我好像在哪儿看到过。"这一点还请多多谅解。因为像这次一样，将这些"未经发声的演讲录"以文章的形态发表出来，就有把此前在各处讲过的东西系统地汇集一册的打算。希望大家把它当作我关于小说写作见解的集大成般的东西来阅读。

就结果而言，本书看来会被当作"自传性随笔"对待，但我原来并没有打算这么去写。我只是想尽量具体地、真实地记录下自己作为小说家走过了怎样一条路，又抱着怎样的想法走到了今天。话虽如此，坚持写小说，也无外乎不断地表现自我。因此要谈论写作，就不得不谈论自己。

至于本书能否对那些立志成为小说家的人起到指南和入门的作用，老实说，这就非我所知了。因为我是一个思维方式过于个人主义的人，我的写作方式和生活方式究竟有多大程度的普遍性和适用性，就连我自己也无从把握。与小说家同行几乎没有交往，不了解别的作家采用什么样的写作方式，所以没法比较。我只是因为不用这种写法就写不下去，才以这样的方式写作，绝不是主张这才是最正确的写小说的方法。我的方法里大概有可以普遍化的东西，恐怕也有很难普遍化的东西。这是理所当然，毕竟有一百位作家，就有一百种小说的写法。这类事请诸位各自清醒认识、正确判断便好。

只有一点还请诸位谅解，我基本算是个"极其普通的人"。

大概原来就具备几分写小说的资质（如果完全没有，也不可能如此长久地坚持写小说），然而除此之外，自己说也有点那个，我就是一个比比皆是的普通人，走在街头并不会引人注目，在餐厅里大多被领到糟糕的座位，如果没有写小说，大概不会受到别人的关注，肯定会极为普通地度过极为普通的人生。我在日常生活中几乎意识不到自己是个作家。

不过机缘巧合，偏巧身上有一点点写小说的资质，又得到幸运眷顾，再加上几分顽固（往好里说是持之以恒）性格的帮助，就这么作为一介职业小说家，一写便是三十五年有余。这个事实至今仍然令我震惊，深深地震惊。我想在这本书里表达的，就是这种震惊，就是力图将这种震惊纯粹地保持下去的强烈想法（大概称作意志也无妨）。归根结底，我这三十五年的人生，也许就是为了把这种震惊努力维持下来。我如此感觉。

最后我想说明一下：我是一个不善于单纯用大脑思考问题的人，不适合逻辑性的论述和抽象的思索。我只有通过写文章，才能按部就班地思考问题。亲自动手写文章，一次又一次地反复校读，仔仔细细地修改，才终于像常人一样把大脑里的东西整理妥当、把握透彻。正因如此，我更觉得通过经年累月写下收入本书的文章，并多次动手修改这些文章，能系统地重新思考和俯瞰身为小说家的自己，以及自己身为小说家的事实。

这种在某种意义上很任性的个人的文章——与其说是信息，不如说是私人思维历程似的东西——究竟能给各位读者带来怎样的益处呢？我自己也不太清楚。不过，假如能有点现实的益处，哪怕只是一星半点，我也会为之高兴。

村上春树
二〇一五年六月

图书在版编目(CIP)数据

我的职业是小说家 /（日）村上春树著；施小炜译.
—海口：南海出版公司，2017.1
ISBN 978-7-5442-8537-7

Ⅰ.①我… Ⅱ.①村…②施… Ⅲ.①随笔-作品集
—日本-现代 Ⅳ.①I313.65

中国版本图书馆CIP数据核字(2016)第239849号

著作权合同登记号 图字：30-2016-156

SHOKUGYO TOSHITE NO SHOSETSUKA
by Haruki Murakami
Copyright © 2015 Haruki Murakami
All rights reserved.
Originally published in Japan by Switch Publishing Co., Ltd., Tokyo.
Chinese(in simplified character only)translation rights arranged with
Haruki Murakami,Japan
through THE SAKAI AGENCY and BARDON-CHINESE MEDIA AGENCY.

我的职业是小说家
〔日〕村上春树 著
施小炜 译

出　　版	南海出版公司　(0898)66568511
	海口市海秀中路51号星华大厦五楼　邮编 570206
发　　行	新经典发行有限公司
	电话(010)68423599　邮箱 editor@readinglife.com
经　　销	新华书店
责任编辑	翟明明　刘恩凡
特邀编辑	贺　静
装帧设计	韩　笑
内文制作	田晓波
印　　刷	河北鹏润印刷有限公司
开　　本	850毫米×1168毫米　1/32
印　　张	8
字　　数	151千
版　　次	2017年1月第1版
印　　次	2021年7月第15次印刷
书　　号	ISBN 978-7-5442-8537-7
定　　价	45.00元

版权所有，侵权必究
如有印装质量问题，请发邮件至 zhiliang@readinglife.com